Prix du Meilleur Roman
des lecteurs de Points

Ce roman fait partie de la sélection du
Meilleur Roman des lecteurs de Points

D'août 2014 à juin 2015, un jury de 40 lecteurs
et de 20 libraires, sous la présidence de l'écrivain
Geneviève Brisac, recevra à domicile 10 romans
récemment publiés par les éditions Points et votera pour
élire le meilleur d'entre eux.

Pour tout savoir sur les ouvrages sélectionnés, donner
votre avis sur ce livre et partager vos coups de cœur
avec d'autres passionnés, rendez-vous sur :

www.prixdumeilleurroman.com

Bergsveinn Birgisson est né en 1971. Titulaire d'un doctorat en littérature médiévale scandinave, il porte la mémoire des histoires que lui racontait son grand-père, lui-même éleveur et pêcheur dans le nord-ouest de l'Islande.

Bergsveinn Birgisson

LA LETTRE
À HELGA

ROMAN

*Traduit de l'islandais
par Catherine Eyjólfsson*

Zulma

TEXTE INTÉGRAL

TITRE ORIGINAL
Svar vid bréfi Helgu
© Bergsveinn Birgisson, 2010
Published by agreement with Bjartur Publishing, Reykjavik

ISBN 978-2-7578-4079-5
(ISBN 978-2-84304-646-9, 1re publication)

© Zulma, 2013, pour la traduction française

C'était par un clair matin
il y a de cela bien longtemps.

Ils suivaient tous deux le chemin
face au soleil levant
et la main dans la main.

Face au soleil levant
chacun songeant à sa propre route.

Ils suivent maintenant chacun sa voie
en se tenant par la main.

Se tenant par la main
Par ce clair matin.

Stefán Hördur Grímsson,
Eux (1989).

1

À Kolkustadir, le 29 août 1997

Chère Helga,

Certains meurent de causes extérieures. D'autres meurent parce que la mort depuis longtemps soudée à leurs veines travaille en eux, de l'intérieur. Tous meurent. Chacun à sa façon. Certains tombent par terre au milieu d'une phrase. D'autres s'en vont paisiblement dans un songe. Est-ce que le rêve s'éteint alors, comme l'écran à la fin du film? Ou est-ce que le rêve change simplement d'aspect, acquérant une autre clarté et des couleurs nouvelles? Et celui qui rêve, s'en aperçoit-il tant soit peu?

Ma chère Unnur est morte. Elle est morte en rêvant, une nuit où il n'y avait personne. Bénie soit sa mémoire.

Pour ma part, la carcasse tient encore le coup, à part la raideur des épaules et des genoux. La vieillesse fait son œuvre. Il y a, bien sûr, des moments où l'on regarde ses pantoufles en pensant qu'un jour elles seront encore là, tandis qu'on n'y sera plus pour

9

les enfiler. Mais quand ce jour viendra, qu'il soit le bienvenu, comme dit le psaume. C'est comme ça, ma Belle ! Bien assez de vie a coulé dans ma poitrine. Et j'ai eu l'occasion d'y goûter – à la vie.

Ah, je suis devenu un vieillard impossible qui prend plaisir à raviver de vieilles plaies. Mais on a tous une porte de sortie. Et nous aspirons tous à lâcher notre moi intérieur au grand air. Mon issue de secours à moi, c'est la vieille porte de la bergerie de feu mon père, celle que le soleil traverse par les fentes, en longs et fins rayons entre ses planches disjointes. Si la vie est quelque part, ce doit être dans les fentes. Et ma porte à moi est désormais tellement faussée, branlante et déglinguée qu'elle ne sépare plus vraiment l'intérieur de l'extérieur. Devrais-je mettre au crédit du charpentier ce travail bâclé ? Car toutes ces lézardes, ces interstices, laissent passer le soleil et la vie.

Bientôt, ma Belle, j'embarquerai pour le long voyage qui nous attend tous. Et c'est bien connu que l'on essaie d'alléger son fardeau avant de se mettre en route pour une telle expédition. Assurément, j'arrive après la soupe en t'écrivant cette lettre maintenant que nous sommes tous plus ou moins morts ou séniles, mais je m'en vais la griffonner quand même. Si tu vois cela d'un mauvais œil, tu n'auras qu'à jeter ce gribouillis. Mes paroles partent d'un bon sentiment. Je ne t'ai jamais voulu que du bien, tu le sais, ma chère Helga.

Hallgrímur est mort à la fin de l'hiver. La dernière année, il ne pouvait plus avaler à cause du cancer ; on n'arrivait pas à faire entrer quoi que ce soit dans ce grand corps qu'il avait. Il a dépéri entre leurs mains, à l'hôpital. Quand je suis allé lui rendre visite en février, c'était triste à voir. Il n'avait plus que la peau sur les os. Bénie soit sa mémoire.

Béni soit en bloc tout ce qui s'efforce et s'est efforcé d'exister.

Mon neveu Marteinn est venu me chercher à la maison de retraite. Je vais passer le plus clair de l'été dans une chambre avec vue plongeante sur la ferme que vous habitiez jadis, Hallgrímur et toi. Je laisse mon esprit vagabonder alentour, sur ces mêmes collines qui sentaient bon le soleil, il y a si longtemps. C'est à peu près tout ce que je puis faire à l'heure qu'il est.

L'agonie d'Unnur a duré cinq ans, dont quatre et demi avec la ferme volonté de mourir. Je sors de cette période mal en point à bien des égards. Qui comprendra jamais quelle mouche l'a piquée ? C'était comme si tout ce qu'il y avait de bien dans sa manière d'être s'était peu à peu mué en récriminations à propos de choses insignifiantes. Si je renversais du jus de fruit ou heurtais un vase de fleurs en m'occupant d'elle dans la chambre, voilà que j'avais toujours été « un foutu empoté », « incapable de faire la moindre corvée ». Était-ce la dureté sous-jacente de son caractère, celle que j'avais soupçonnée, qui faisait finalement surface ?

Elle cessa de se lever et refusait de se nourrir. Au bord de l'inanition, elle s'abandonnait à un mal invisible. La vieille âme que je lui connaissais s'était détériorée. Oui, son âme la quitta. Elle devint revêche et blessante, quels que fussent les soins qu'on lui prodiguait. Elle devint tout simplement une grabataire, grièvement atteinte en plus. On ne peut juger un malade comme on le ferait d'un bien portant. Je voyais le bleu de ses yeux s'assombrir et noircir comme le ciel au-dessus des montagnes. Au point où elle en était, j'éprouvais la nécessité de lui tenir compagnie. Elle paraissait fâchée de sa situation, fâchée d'avoir été lancée dans cette existence pour commencer, et fâchée de la façon dont sa vie s'était écoulée. Tout ce que je récoltais pour ma peine, c'était d'être traité de vrai salaud pour l'avoir menée en bateau toute sa vie. Je ne l'avais jamais aimée, disait-elle. Comme ça, froidement. Et elle détournait les yeux.

Je lui ai pourtant témoigné toute la sollicitude dont j'étais capable. Je lui achetais des revues et des boîtes de chocolats. J'ai sorti des photos de nous faisant les foins à Grundir, des photos de la vieille ferme, des tréteaux de séchage fléchissant sous le poids des lumps et du poisson suspendu, du ramassage du duvet d'eider et des petits macareux sur les îlots, moi en train de racler une peau de phoque ou de réparer la barque dans le hangar, Unnur sur le tracteur avec le lait dans le compartiment à l'arrière, bref de tout le soleil qu'il m'a été donné de photographier dans cette vie avec mon vieux Polaroïd. On t'apercevait sur une photo. Elle datait d'avant la naissance de Hulda et nous fauchions le pré de compagnie. Elle a pointé le doigt sur toi et a dit :

– C'est elle que tu aurais dû prendre. Et pas une brebis stérile comme moi. C'est elle que tu as toujours voulue, pas moi.

Elle a repoussé l'album. Elle fixait le pied du lit de ses yeux vides. Cela m'a fait mal au cœur pour elle. J'ai senti que j'aimais cette pauvre moribonde, cette femme agonisante qui n'avait pour ainsi dire personne au monde. Il m'a paru que j'avais eu raison de croupir dans mon coin avec elle pendant toutes ces années. Sinon, qui se serait occupé d'elle ? Des larmes ont roulé le long de ses joues comme de toutes petites vagues de chagrin. À l'extérieur de la maison de retraite, c'était le soir, la circulation avait presque cessé. La lueur d'un réverbère entrait dans la chambre et faisait luire ses joues mouillées de larmes.

Et puis elle est morte. Au milieu de la nuit. Dans un rêve.

2

Le vieux spectre que je croyais depuis longtemps exorcisé s'est réveillé en Unnur. Cette chimère élaborée naguère par les gens de la commune, par pure saloperie. Oui, voilà-t-il pas que resurgit en elle le complexe de l'héroïne de saga, cette maudite tare islandaise qui consiste à ne jamais pouvoir se débarrasser du passé ni à pardonner quoi que ce soit. À la maison de retraite j'étais maintenant devenu «le maquereau, le faux jeton et l'infidélité en chair et en os», et elle s'est mise à décrire pour moi dans les moindres détails la jouissance que j'étais censé avoir tiré de toi à chaque expédition de rassemblement des moutons. Ça m'a fichu un coup. Une chance qu'ils n'aient pas été nombreux à l'entendre quand elle s'est mise à hurler que je t'avais prise par-derrière en pétrissant tes seins lourds avec concupiscence et forniqué avec de telles secousses que ça faisait claquer tes fesses. C'étaient ses mots : tes seins lourds. Ces crises s'achevaient par des pleurs où elle s'accusait d'être une brebis stérile bonne à mettre au rancart. Et même quand elle me traitait de feignant qui n'avait jamais réussi à faire ses preuves d'éleveur ni de fermier – alors que tu sais bien, Helga, que je ne me suis jamais tourné les pouces, sauf la semaine où une pneumonie m'a cloué au lit – eh bien, ça me faisait moins mal que ces accusations qui ont remis du sel dans la plaie, ouverte il y a si longtemps par la rumeur publique.

Quel a été l'incident qui, sans avoir jamais eu lieu, a pu susciter la médisance et entraîner des conséquences aussi mauvaises – non, bien pires ! – que s'il s'était vraiment produit ? Peut-on tracer la ligne entre ce qui s'est véritablement passé et ce qui se *serait* passé selon les colporteurs de ragots traînant dans les cuisines, mis en verve à grand renfort de café et d'insinuations ? Qu'est-ce qui n'a nullement eu lieu en ce jour de la Saint-Lambert 1939 – tout en se produisant malgré tout dans l'esprit des mauvaises langues ?

Était-ce après que les autres eurent dépassé le vallon de Hörgsdalur pour disparaître derrière la colline de Framnes que j'aurais descendu tout doucement la pente afin de te rejoindre dans le creux herbeux de Steinhúsbakkar ? Et nous aurions marché ensemble et causé, évoquant la belle toison des moutons venus de la montagne cette année-là, la blancheur des agneaux, leur rondeur et leurs belles petites têtes. Et moi, contrôleur cantonal des réserves de fourrage, j'aurais exprimé ma conviction que les fermiers ne réduiraient pas leurs bêtes à la famine cette année-là, tant il y avait de foin. J'aurais alors évoqué la marque d'oreille de tes moutons – encoche à la pointe et crans opposés – et tu m'aurais demandé comment était la mienne, déjà ? Bout tranché à gauche, pointe encochée et cran à droite. C'est bien ça. Ensuite nous aurions échangé quelques mots sur Bassi, le bélier reproducteur qu'on nous avait prêté à Fljót, dans l'est, commentant la largeur de son poitrail et la musculature de son échine. Après ces mots sur le bélier, le vertige glucosé du désir se serait propagé dans mes veines et j'aurais effleuré les mèches de tes cheveux en les comparant à la neige qui vole sur les pentes de la montagne, et toi, dans un rire, tu aurais dit : « Bjarni, arrête ! »

Ensuite je t'aurais embrassée, des attouchements hâtifs auraient eu lieu avant que je ne baisse mon froc tandis que tu relevais ton pull de grosse laine pour dénuder tes seins et là, mes cuisses couleur d'aspirine se seraient mises à claquer contre toi, tandis que le courlis roucoulait dans l'air lourd du parfum de la bruyère, et nous deux, pauvres créatures, là, dans le creux, n'en aurions plus fait qu'une, l'espace d'un instant, jusqu'au dernier soupir de la montée de la sève, quand la gelée blanche aurait dégouliné sur la face interne de ta cuisse pour tomber sur quelques brins d'herbe sèche, seuls témoins de l'embrasement qui nous avait saisis.

Voilà ce qui se serait passé, en tout et pour tout.

Doit-on s'étonner que de telles choses arrivent ? La nature tout entière ne fait-elle pas en sorte de favoriser ce genre de rencontres inopinées ?

Et les gens de cancaner comme il se doit dans les cuisines. Mais cela n'aurait eu aucune conséquence fâcheuse, car tout penaud, je me serais empressé de demander humblement à ma chère Unnur de pardonner ce faux pas – ce qui aurait sans doute été plus de son goût que l'attitude de défense hostile que j'adoptai face à tous les ennemis que je voyais, désireux de m'en faire baver en propageant des ragots. J'aurais même prétendument essayé de faire amende honorable en témoignant plus de tendresse à mon épouse, me rendant compte que cette vie terrestre ne pouvait se résumer à plaquer son ventre contre celui d'une autre, mais bien plutôt à témoigner de l'affection et de la sollicitude à ses proches. Toi et moi aurions prétendument donné libre cours à notre désir une fois pour toutes et puis basta ! – la page une fois tournée, je me serais mis à penser, à aspirer à autre chose.

La vérité est que rien de tout cela n'arriva. Nous ne nous sommes pas retrouvés au creux d'un vallon comme l'imaginèrent ceux qui en ont répandu le bruit. Comme tu sais, le hasard a voulu que nous soyons redescendus bons derniers de l'expédition de recherche des bêtes et que nous nous soyons rencontrés au col qui domine le parc de tri des moutons. C'est pour cela que nous avons dévalé la pente ensemble. Il n'en a pas fallu davantage pour que l'idée germe dans l'esprit des gens, avec tous les halètements et soupirs de jouissance qui s'ensuivent. Comment mettre le holà à l'imagination de celui ou celle qui nourrit de pareilles représentations ? C'est ainsi que notre prétendu abandon à la passion torride se propagea comme une traînée de poudre jusqu'à ce que la rumeur atteigne ma propre maison. Je venais de rentrer, échappant au vent du nord glacial de ce printemps-là et je me frottais les mains en pestant contre ce froid inhabituel au moment d'entrer dans la cuisine où Unnur était penchée au-dessus de ses casseroles.

– Va donc coucher avec elle pour te réchauffer, elle t'attend sûrement en face, les jambes écartées !

Je suis d'abord resté interdit en entendant cela. Puis j'ai explosé. J'ai flanqué une gifle à Unnur en lui disant de faire gaffe à ses paroles. Elle a rougi, puis elle s'est mise à pleurer, un vrai déluge, en se traitant de pauvresse stérile. Elle a dit qu'elle ne comprenait pas pourquoi je la gardais. Que je ferais mieux de la laisser partir. Que c'était toi que j'aimais et pas elle. J'ai dit non. Elle a dit qu'il valait mieux que je divorce et que je te prenne pour femme à sa place. Qu'elle avait bien vu comment je te regardais, tandis qu'elle, je ne la regardais jamais comme ça. Que j'avais envie de toi. Et puis elle a couru s'enfermer dans le placard. J'ai dit : Non et non. Jamais de la vie !

Elle a crié derrière les portes et pleuré avec des sanglots étranglés, comme si elle voulait les ravaler, ce qui les rendait encore plus déchirants. Je suis resté pétrifié, assis sur le lit conjugal. Les yeux rivés au sol, je me suis demandé s'il n'était pas temps de raboter ce satané plancher. Les foutues lattes usées se fendillaient et on risquait de se fourrer des échardes dans la plante des pieds.

J'en ai eu gros sur le cœur quand la médisance a fait son chemin dans la contrée, ou plutôt, comment dire, la médisance a gonflé sa grosse bulle autour de mon cœur. Je n'avais plus de goût aux travaux ni aux jours, j'étais devenu impatient et irritable, incapable de gérer ce qui remuait en moi. Il me semblait qu'on me regardait avec défiance. « Salopard de coureur de jupons», voilà ce que je lisais dans le regard en coulisse des gens du cru lorsque j'allais à la Coopérative ou à l'église. Unnur s'éloigna de moi, c'est vrai que ses pleurnicheries à la maison me rendaient arrogant et irascible.

On eût dit qu'une bestiole s'agitait en moi, s'évertuant à imbiber de suc gastrique l'incident suave qui était sur toutes les lèvres et que je n'avais pas eu la chance de vivre, bien qu'il me fût imputé. Je me mis à avoir envie de toi, Helga. C'est que tu étais tellement bien faite, aussi ; pas étonnant qu'on s'employât à propager de tels ragots. Les fauteurs de troubles dévoilaient là leurs propres fantasmes.

Chaque fois que je passais par votre ferme, à Hallgrímur et toi, pour vous apporter des remèdes, du vermifuge pour les bêtes, ou n'importe quoi d'autre qu'un ami, voisin et contrôleur des réserves de fourrage pouvait procurer, et que Hallgrímur était parti dresser des chevaux dans les fjords de l'est et «monter plus d'une pouliche», comme tu disais, seule à la ferme avec vos deux enfants, eh bien mes pensées, elles étaient au ras des pâquerettes. Dieu sait à quel point mon âme était réduite à peu de chose, suite à la propagation de ce non-événement. J'étais plein d'amertume de me voir accuser sans avoir pu goûter à la douce et purifiante saveur du crime.

3

Faut-il s'étonner que j'aie pensé à toi quand les hommes sont partis à la recherche des moutons sur les Monts ? Au milieu de cette rumeur, te l'ai-je dit, il me sembla tomber dans le tourbillon d'un torrent. L'automne où nous sommes descendus ensemble après les autres, le long de la ravine de Mógil, c'est Ingjaldur de Hóll qui a commencé à bavasser sur notre compte ; ça, je le sais. Il s'est mis à colporter des nouvelles lourdes de sous-entendus. On prête à son père, Gudmundur, une phrase célèbre, du temps où deux ménages cohabitaient à Hóll, avec peu de cloisons dans la ferme, ce qui fait que tout le monde dormait en vrac dans la salle commune. Gudmundur aurait dit à la femme de Bárdur, un soir où elle se blottissait contre lui : « Non, mais c'est toi Sigrídur, qui me fais du gringue dans le dos de Bárdur ? » Ce ne serait pas, des fois, le soir où Ingjaldur a été conçu, par hasard ?

Quand je repense à ce temps-là, je me remémore sans honte notre histoire qui a commencé à bourgeonner à la suite de ces ragots. Peut-être suis-je devenu complètement amoral, rien d'autre qu'un suborneur éhonté. Mais je me souviens que j'avais envie de laisser s'épanouir tout ce qui était emprisonné en moi. Et puis de le déverser sur toi.

Peu à peu la distance s'est creusée entre Unnur et moi ; du reste, il n'était pas question de caresses amoureuses entre nous. Elle était toujours là, bien sûr, et s'acquittait irréprochablement de ses tâches. Elle avait un dicton pour tout : « C'est la rose la plus rouge qui fane la première au pré », disait-elle à propos de mon habitude d'envoyer d'abord les brebis les plus grosses à l'abattoir, pour être transformées en viande hachée et salée à destination du marché norvégien. « Que les anges de Dieu prennent place à mon chevet » signifiait : c'est l'heure pour moi d'aller me coucher. « C'est celui qui le dit qui l'est », lâchait-elle lorsqu'on faisait la moindre allusion à ceux de Hóll ou des fermes voisines. On avait juste le droit de ne rien dire ! Les échanges devinrent gauches entre nous. Toute sa façon d'être était désormais prévisible et machinale comme la fileuse mécanique qu'elle actionnait à ses moments perdus, dans un cliquetis bruyant et syncopé. Elle répétait toujours la même chose, à sa manière, sans passion. La ménagère avisée s'acquittait bien de son rôle. Elle se montrait en outre physionomiste en matière de moutons au point de discerner, une fois dans l'assiette, de quel agneau provenaient les mâchoires puisées dans la marmite. C'était en quelque sorte le fil qui nous reliait encore, même s'il comportait bien des nœuds. Le boudin de mouton pour l'hiver, elle le salait et le conservait dans du petit-lait aigre (jusqu'au jour où arriva le congélateur) ; elle préparait du fromage de tête ainsi que de la viande et du poisson fumés – tout cela avec le plus grand soin. Il est rare que les femmes s'occupent des cabanes où l'on fume les aliments, mais chez nous ce n'était pas mon rayon et je ne m'y risquais pas, sauf pour la salaison et les préparatifs que j'effectuais pour elle. Et aussi pour le lump, car je me chargeais entièrement de ce poisson-là. Tout ce qui n'était pas travail était à ses yeux gaspillage éhonté du temps qui passe.

Une fois, nous eûmes des visiteurs. C'était Finnur, surnommé le dénicheur, accompagné de ses quatre fils, lesquels deviendraient comme lui d'excellents dénicheurs d'œufs d'oiseaux de mer, suspendus au bout d'une corde dans les falaises. Je me souviens que Finnur était à court de tabac, en rupture de stock à la Coopérative. Nous allâmes à la grange et je rassemblai pour lui des feuilles séchées dont il bourra sa pipe. Il resta ensuite tout content dans la cuisine à boire son café en tirant sur sa bouffarde. C'était un vieux truc qui met en pratique l'adage : « Quand les temps sont durs, faute de tabac on fume du foin. » Puis ce fut l'époque des cigarettes Commander à la Coopérative. Finnur ne fuma plus que cette nou-veauté révolutionnaire. C'est lui, le dénicheur, qui m'apprit à fumer les Commander. Mais passons. Finnur m'interrogea sur l'activité de la Société de lecture pour laquelle j'assurais les achats de livres. On lisait à ce moment-là la saga des Sturlungar et je lui donnai une idée des débats de notre petit cercle, comme, par exemple, au sujet de l'incident où le héros Gissur échappe à la mort en se cachant dans un baquet de petit-lait fermenté. Nous avions eu de chaudes discussions sur la question de savoir si cela avait pu effectivement se produire, ou si le récit de l'incendie s'était teinté d'exagération par la suite. D'une façon ou d'une autre, ces spéculations restèrent en travers de la gorge d'Unnur, au point que chaque fois que je me rendais à une réunion de la Société de lecture c'était, selon elle, pour lire quelque chose sur «Gissur dans le petit-lait». Quand je grimpais à la soupente pour découvrir les livres commandés qui venaient d'arriver de la ville, elle me demandait à ma descente des nouvelles de «Gissur dans le petit-lait» et ce refrain revenait à chaque fois qu'il était question de livres. Littérature et culture générale semblaient n'être pour elle qu'un luxe superflu qu'on devait avoir honte de s'offrir puisque le temps qu'on y passait était volé au travail.

Plus faits de chair que d'esprit, ils n'étaient pas portés sur les livres, ses aïeux de la vallée de Blöndudalur. Tout ce qu'ils voulaient, c'était trimer. Elles pouvaient être gratinées, les histoires qu'on racontait sur eux. Son grand-père fut longtemps célèbre pour l'amende d'une demi-couronne qu'il infligea à sa bonne pour avoir renversé le pot de chambre, gaspillant ainsi son contenu. C'est dire si l'urine, qui servait à dessuinter la laine brute, était précieuse pour ces gens-là, et les rapports humains de peu de prix. Puisque j'ai abordé le sujet de Blöndudalur, il y a aussi l'histoire du pain de la mère d'Unnur. Les gens trouvèrent qu'il avait mauvais goût. Quelqu'un finit même par lâcher que le pain avait tout simplement un goût de pisse, et chacun d'opiner du bonnet. La maîtresse de maison se demanda si elle avait pu se tromper de pichet au moment de faire la pâte. Elle prit un morceau, le mâchonna longuement et dit enfin :

– Tiens, c'est pas si mauvais que ça…

Voilà que j'ai perdu le fil, ma Belle. Mais il y a une bonne raison à cela. C'est que ça me fait mal de me remémorer ce passé.

Je savais bien qu'il y avait autre chose qui tarabustait Unnur et expliquait son attitude distante – attitude qui semblait ne vouloir dire qu'une chose : Je suis coupable.

Je la comprenais et partageais sa souffrance.

Je savais que depuis son opération, c'était comme si le travail devait être désormais la seule justification de son existence. Elle se punissait pour un autre problème dont il lui était impossible de parler ouvertement. Elle refoulait son mal au fond d'elle-même, or la peine dévore le cœur, comme il est dit dans les anciens poèmes du *Hávamál*. Elle refusait de chercher du secours. Aucune adjuration ne parvenait à la toucher. Soit elle poussait des cris entremêlés de sanglots dans le placard tandis que, paralysé, je restais les yeux fixés sur les lattes du plancher, soit elle disparaissait derrière la machine à filer dont elle actionnait les bobines avec acharnement.

Je peux te raconter une petite histoire en guise d'explication. Quelque temps après son retour, à la suite de l'opération, notre vache commença de présenter une inflammation des mamelles. Le lait caillait dans le pis de gauche, qui enflait. Je me creusais la tête pour trouver la cause. Jusqu'au jour où j'en fus le témoin, tandis que j'accrochais à une planche les hameçons d'un bout de ligne. Unnur ignorait ma présence de l'autre côté du mur de l'étable. Elle se mit à traire notre brave Huppa selon les règles mais, au bout d'un moment, j'entendis une bordée d'injures et de malédictions et, en y regardant de plus près, je vis qu'elle frappait du poing le pis de la vache à coups redoublés en traitant la pauvre bête de tous les noms parce qu'elle ne donnait pas son lait aussi vite ni d'aussi bonne grâce que le voulait la trayeuse. Je ne pus encaisser cela et manifestai ma présence en lui disant tout net ce que je pensais, là, dans l'étable. Dans son désarroi, Unnur heurta le seau du pied et sortit en courant avec des sanglots étouffés.

J'ai été pourtant un bon mari pour elle, ça tu peux me croire. Je n'arrêtais pas de lui demander si elle ne voulait pas se confier sur ce qui avait eu lieu, si on ne pouvait pas consulter des spécialistes, là-bas à Reykjavík. Mais il n'y avait rien à faire.

Unnur a renoncé à moi sur le plan charnel. Toutes les caresses et attouchements devaient probablement lui rappeler son incapacité et c'est pour cela qu'elle évitait d'attiser mon désir. La pudeur a eu raison d'elle en tant que personne. Elle me défendait de faire la moindre allusion à l'opération et d'évoquer la possibilité de retourner voir les docteurs pour tenter d'améliorer les choses. D'évidence, cette intervention chirurgicale avait été un fiasco, mais c'était comme si elle prenait la faute des médecins pour son propre destin, préétabli de manière irrévocable – comme si c'était tout ce qu'elle méritait. Unnur réagissait toujours de manière identique dès que je mentionnais l'affaire. Elle commençait par aller se fourrer dans la penderie pour pleurer et crier tout son saoul puis, devenue blême comme de l'herbe sèche, elle ne disait plus mot. Enfin la couleur revenait à ses joues et elle mettait en marche la machine à filer jusqu'à en faire fumer les bobines. Elle pouvait s'activer ainsi à des travaux manuels jusque tard dans la nuit. Je finis par cesser de faire allusion à tout cela par peur de ses réactions. Mais j'avais vécu assez longtemps et j'en avais vu suffisamment pour savoir que les médecins aussi peuvent commettre des erreurs. Tous les hommes font des fautes. Sinon ils ne seraient pas des hommes.

4

Et puis vint ce jour de décembre où je t'ai aidée à mener les brebis au bélier. Je me suis présenté, comme convenu, avec le mâle reproducteur Kútur, joyau de la race de Jökuldalur. Je me souviens que c'était la Saint-Ambroise et que mon pantalon sentait l'antigel parce que j'avais dû réparer la veille le tracteur de Gauti de Stadur.

Tu t'es mise aussitôt à dire du mal de Hallgrímur, qui était « à fond dans les pouliches » à l'est du pays. Je compris qu'il y avait du tirage entre vous aussi. Hallgrímur laissait le poids de l'exploitation peser bien trop lourd sur tes épaules et ne te témoignait guère de tendresse quand il était là. Oui, pour tout dire, il ne valait pas grand-chose comme fermier, le Hallgrímur – en cela, il ne tenait guère de son père, le vieux Jónas dont les exploits ne se comptaient plus, lui qui avait défriché des prés de fauche à Alvidra où l'herbe, disait-on, poussait plus vite et mieux que nulle part ailleurs.

Bien sûr que je t'ai aidée à mener les brebis au bélier par cette courte journée d'hiver au ciel rougeoyant. Je m'efforçais toujours d'être disponible pour toi, aussi bien à titre d'ami que de contrôleur des réserves de fourrage du canton de Hörgá. Juché sur mon vieux tracteur Farmall, j'ai roulé tranquillement sur la piste longeant la mer, le bélier Kútur dans la remorque, passant sur les graviers de Lambeyrar et devant les prés ras et secs où il n'y a jamais beaucoup de neige avant d'arriver aux falaises de Skorarhamrar. J'ai dépassé la Butte sanglante, comme on l'appelle, là où, au Moyen Âge, un jeune garçon aurait saigné à mort après s'être tranché la gorge. Parmi les pierres s'étalent les fleurs pourpres du thym arctique et je m'y sens toujours gagné par une profonde somnolence.

Je jetai un coup d'œil aux Récifs des Enfants où des aigles femelles dévoraient jadis en toute tranquillité les bébés sur lesquels s'étaient refermées leurs serres dans les prés des fermes, tandis que les mères hurlaient sur la grève et que le ressac empêchait tout bateau de sortir. Qui n'a entendu les pleurs déchirants de ces enfants s'élever des écueils par temps de brouillard et de vent du nord ? Et puis j'ai continué mon bonhomme de chemin, par devant l'Abri de Freyja, là où les hommes se mettent à bander sans raison et où les femmes qui passent par là toutes seules ont la vulve qui s'humecte car c'était jadis un endroit de halte où bien des enfants ont été conçus. J'ai traversé lentement ces anciens lieux de sortilèges en pensant à toi. Était-ce là le point de non-retour ? Ensuite, il a fallu descendre la ravine et traverser le ruisseau de Thröngubotn, ce filet d'eau de rien du tout qui marque depuis toujours la limite entre nos fermes. Sans ce ruisselet, Kolkustadir aurait englobé toutes les terres jusqu'à la rivière de Vídines : la ferme d'Alvidra n'aurait jamais existé, non plus que Hallgrímur car Jónas, son père, n'aurait pas vécu là, ni son père Kristinn avant lui. Il n'y aurait eu alors que moi et toi, ma Belle, à la ferme de Kolkustadir.

Le vent du nord soufflait ; dans le grésil et les nuages sombres pendouillaient comme des langues des lambeaux de soleil. Un temps pareil était censé favoriser la conception d'agneaux mâles, selon une croyance qualifiée par toi de fumisterie, comme tu n'as pas manqué de me le rappeler lorsque tes brebis ont mis bas et que les agnelles étaient en bien plus grand nombre. Quand Kútur a eu fini de saillir les femelles en chaleur et s'est mis à lécher le sel dans la stalle de derrière, je me souviens que tu es venue te pencher devant moi sur la balustrade, faisant ressortir tes blancs mamelons. Je palpais les brebis pour évaluer l'épaisseur de leur chair comme il incombe au contrôleur des provisions de fourrage. J'enfonçai les doigts dans la toison aux longs poils, tâtai le gras de la poitrine et, sans trouver le moindre creux, le long des côtes. Je m'attaquai ensuite au dos et palpai l'échine pour voir si les vertèbres faisaient saillie. Puis, suivant des doigts le cartilage costal, je remontai l'épine dorsale pour redescendre en frôlant les protubérances transverses. Sans me quitter des yeux, tu frottais le bout de tes seins – ces beaux cônes de pin sylvestre – contre la barre de la mangeoire. Empoignant les cuisses fournies et musclées, je les palpai jusqu'au jarret afin de m'assurer que les bêtes étaient grasses et bien nourries, écartant ainsi le moindre doute qu'elles ne puissent passer l'hiver.

À ce moment, penchée en avant de telle sorte qu'on voyait juste un de tes seins, tu as dit tout tranquillement que j'étais un expert palpeur. Tu m'as demandé si je savais m'y prendre avec autant de douceur avec les femmes.

– Eh bien, ai-je répondu, tu m'as l'air bien en chair toi aussi, à ce que je vois.

Et avant même de m'en rendre compte, j'avais tendu la main, pour rire, vers ton sein. Mais alors que j'ébauchais le geste par simple jeu, tu l'as dénudé, ton sein lourd et gonflé, en m'enjoignant de vérifier, comme si tu prenais la chose avec le plus grand sérieux. Je vis la rougeur envahir tes joues. Ce n'était pas la honte, mais le désir pur et simple – c'était la chaleur du désir. N'ai-je pas raison, ma Belle ?

De voir cette partie nue de ton corps, je fus submergé par l'envie de toi car cela faisait longtemps que je n'avais contemplé de formes aussi belles, aussi regorgeantes de vie. Tes mots eurent pour effet que le désir s'empara de moi avec une telle force qu'il me fallut sortir pour me rafraîchir au vent du nord et que j'errai dehors comme un vieux bélier arraché à sa brebis dans le feu de l'action.

Mais j'ai tenu bon. Dieu sait à quel point ce fut dur. Lorsque vint l'été, j'allais me rafraîchir dans le petit cours d'eau derrière la ferme. Je me déshabillais entièrement et tâchais d'éteindre dans l'eau glacée le feu qui me brûlait. J'ai composé un quatrain que je n'ai montré à personne, sauf à toi maintenant, puisque c'est toi qui me l'as inspiré :

Quand elle aimait
les cimes résonnaient.
Elle lavait ses cheveux de soie
dans les sources des montagnes.

Mais ces bains glacés ne produisaient que l'effet inverse. Je ne reprenais mes esprits qu'après m'être masturbé comme un forcené, ce dont j'avais honte ensuite car j'avais toujours l'impression d'être observé, de faire quelque chose de mal. Pourquoi avoir de telles pensées ? Beaucoup plus tard, je me suis rendu compte que les *gens cachés* dont je sentais la présence étaient évidemment ces êtres surnaturels qui hantent la falaise de Fólkhamar surplombant le ruisseau. Ça doit les amuser de voir notre misérable espèce se branler. On leur fait sans doute pitié, esclaves que nous sommes du désir.

Je compris que je ne réussirais jamais à me libérer de ton emprise – j'aurais soif de toi jusqu'à mon dernier souffle. Je me fiche pas mal d'écrire cela, Helga ; je ne suis qu'un vieillard qui n'a plus rien à perdre. Bientôt s'éteindra la dernière flamme et ma bouche béante se remplira de terre brune. Continuerai-je alors de te désirer ? Qui sait si je ne reviendrai pas sous la forme d'un fantôme lubrique, le dard en avant, à l'affût d'une occase ?

Tu mis à vif en moi une attirance qui ne fit que s'exacerber et qui pouvait se transformer en brasier à tout moment, sous le moindre prétexte. Si je voyais une bosse de terrain rebondie ou une meule bien ronde, leurs courbes se confondaient dans ma tête avec les tiennes, de sorte que ce n'était plus le monde extérieur que je percevais, mais toi seule dans toutes les manifestations de ce monde. Quand je voyais un agneau téter goulûment sa mère, je m'identifiais à lui. Que dit déjà le vieux poème ?

Agneau courut sur la route,
nulle part ne vit sa maman,
poussa alors des bêlements.

Il n'y a sûrement que moi par ici qui sache où se trouvent les Mamelons d'Helga et, à ma mort, j'emporterai ce lieu-dit dans la tombe. Ces éminences, sur le versant sud de la butte de Göngukleif, sont comme le moulage terrestre de tes seins, en plus grand bien sûr, mais leur forme – cette pente douce en dessus et le renflement abrupt en dessous – a dû être modelée sur ta gorge par les mains mêmes du Créateur. Combien de fois ne me suis-je couché là, sur les Mamelons d'Helga, dans la brise solaire de sud-ouest, la tête entre tes seins, avec l'impression d'être au creux de tes bras. En même temps, mon esprit t'imaginait chevauchant nue un cheval noir et je voyais tes seins ballotter au ralenti, au rythme du trot. Ou encore tu te tenais, telle l'ogresse Gjálp de l'*Edda* de Snorri, un pied de chaque côté de la rivière, dont les eaux enflaient tellement que je m'y baignais, insouciant, sous le jet chaud et odorant qui giclait de toi. Et je restais étendu là, moi, l'homme que tous les habitants du canton tenaient pour être ton suborneur – ce qui engendrait malgré moi une telle pression, que je te désirais toujours davantage. Pourtant, je persistai à tenir bon.

Je me souviens qu'il y eut une période de grand mauvais temps avec un vent du nord continuel et un froid épouvantable, au point que je ne pus sortir en mer pour me rendre au fond du fjord avec le fromage blanc, le *skyr* préparé par Unnur. À la première embellie, je pris la mer avec tous les bacs remplis de *skyr* gelé. Voilà-t-il pas qu'une tempête de sud-ouest se lève et me heurte de plein fouet, envoyant des paquets de mer dans le bateau. C'était peu après que j'eus rehaussé le bordage de la barque, munie par mes soins d'un petit moteur Gauta, ce qui m'empêcha de couler – sinon, j'aurais disparu dans les profondeurs ce jour-là. J'écopai comme s'il y allait de ma vie, tout en maintenant le cap au vent et luttai ainsi pied à pied, des heures durant, avant de pénétrer dans le fjord. Je me souviens de mon sentiment d'alors, oui, je peux bien te le dire maintenant, je me foutais pas mal de m'en aller par le fond mais je trouvais saumâtre qu'on n'ait jamais pu faire l'amour. C'était le seul breuvage de cette vie terrestre où je regrettais de n'avoir trempé mes lèvres. Peut-être en est-il ainsi, que l'attirance sans cesse refoulée dans le cœur d'un homme éclate au grand jour, face à la mort. Toujours en vie, le désir ne fit que s'exaspérer chaque fois que je contemplais votre ferme, de l'autre côté.

Sur l'annonce qu'il accrocha à la Coopérative, Jens, le vieux boutiquier, écrivit « *Skyr fondu* de Kolkustadir », au lieu de *skyr frais*. Faute qui prêta à sourire dans les chaumières.

5

Et puis, au début des beaux jours, la gale apparut chez vos moutons et tu m'appelas au secours pour leur donner un bain de Walz. Ce printemps-là, le député ne s'était pas montré, alors qu'il n'avait jamais manqué une visite avant les élections. Nous en discutions sur le terre-plein de la Coopérative. Gunnar de Hjardarnes demanda s'il ne serait pas tout indiqué de voter pour quelqu'un d'autre, puisque le député du Parti agrarien ne montrait plus le bout de son nez dans la contrée.

– On croit en Dieu, même si on ne le voit pas, dit Gísli de Lækur en trompettant dans son mouchoir à priser.

Ce qui mit fin à la discussion.

Hallgrímur était parti dresser des chevaux dans le nord du pays et tes gosses étaient en pension. Tu étais seule à la ferme. J'avais reçu des instructions précises de l'Union agricole sur la façon de s'y prendre pour la gale des moutons, qu'il s'agisse de la gale due aux poux ou de celle due aux tiques. Le canton de Hörgá disposait d'une baignoire itinérante, acquise aux frais du département, facile à transporter sur une structure en bois *ad hoc* que nous avions surnommée le sulky. Le canton possédait un réservoir de quatre-vingts litres d'urine fermentée et une marmite géante en aluminium. J'amenai le tout chez toi sur ma charrette à foin. La neige fondait ce jour-là ; les eaux ruisselaient en filets d'argent sur toutes les pentes. Je passais depuis toujours pour un original qui suivait sa propre voie en matière d'élevage. Je ne voulais pas que se perde l'ancien savoir-faire pour le développement de l'élevage des moutons. Les gens de la capitale donnaient des directives très claires quant à l'utilisation de l'urine étendue d'eau pour y baigner les bêtes, mais la recette du préfet Magnús Ketilsson pour la balnéation avait ma préférence : je jetai dans l'urine pure des algues et de la cendre de bois, additionnées de bitume, de pisse humaine et de quelques feuilles de tabac. Ça fait toute la différence ! Nous réchauffâmes le mélange sur les tisons, dans l'ancien corps de logis, et après l'avoir versé dans la baignoire mobile placée au beau milieu de la bergerie, nous y plongeâmes les bêtes. Tu t'en souviens sûrement aussi bien que moi. La chemise aspergée de pisse, tu t'évertuais à faire pénétrer le liquide dans la laine, pendant que je maintenais les brebis, en prenant garde à ce que leurs narines restent au-dessus de la surface.

L'instant où je versai l'huile de requin sur l'échine du dernier agneau me reste toujours en mémoire. C'est alors que tu enlevas ta chemise et que la lumière de la lucarne où se nichaient les remèdes tomba sur tes seins nus, soulignant d'ombre le poids de leurs courbes. Je vis aussi tes hanches qui s'évasaient à partir de la taille et je me raidis tout entier à ce spectacle. Jamais je n'avais vu chose plus belle sur la terre, sauf peut-être le jour où, assis dans la colline de Kúluholt pour cueillir des myrtilles vers la fin du mois d'août, je contemplai le pays inculte jusqu'au rivage au bas de la pente et des cailloutis, et là-bas, resplendissant du vert des chaumes, serrés et vigoureux, les prés fraîchement fauchés de Tungunes, ces trois hectares labourés et ensemencés du haut de mon tracteur Farmall, acheté par l'intermédiaire de l'Union – le premier de ce modèle dans la contrée. Ce lopin vert, c'était du «chêne incrusté d'ivoire», comme il est dit du dieu Thór débarquant parmi les hommes. Ce lopin de terre que rien ne m'obligeait à cultiver, puisque je n'ai jamais profité du foin de Tungunes ; mais ce foin, c'est moi qui l'ai mis en meule, entassant les bottes jusqu'à trois ou quatre mètres de haut, sur une longueur de dix-huit à vingt mètres, le tout recouvert de bâches, pour servir de réserve de secours au cas où l'un ou l'autre se trouverait à court de fourrage en fin d'hiver. Un certain nombre dans le coin n'en avait plus guère au printemps ; je le savais en tant que contrôleur des provisions de foin. Et ça ne ratait pas : la meule de Tungunes disparaissait et il ne restait plus que la bâche fixée à ses piquets, quand arrivaient les beaux jours. Et il n'y en a pas un qui m'ait dit merci, alors que le foin de Tungunes, je l'ai mis en meule au moins dix-sept automnes d'af-filée. C'est comme ça. Celui qui en vient à mendier a le cœur qui saigne, dit un vieux poème, et ces gars-là ne voulaient sans doute pas reconnaître leur dépendance. Mais moi, je dépendais de toi. Je l'ai compris, là, à te voir dressée dans la lumière de la lucarne, blanche comme la femelle du saumon tout juste arrivée sur les hauts-fonds, embaumant l'urine et les feuilles de tabac.

Alors un barrage s'est rompu en moi et tout a débordé à l'intérieur comme sous le jet d'un compresseur. Je t'ai dit ce qui s'était passé avec Unnur. Qu'on l'avait envoyée se faire examiner à Reykjavík à la suite de douleurs vaginales persistantes. Les médecins crurent déceler une tumeur et ne virent pas d'autre solution qu'une ablation d'organe, bien que nous n'ayons pas encore eu d'enfant. Ils tailladèrent là-dedans et arrachèrent le tout à l'aide de pinces et de machins, m'avait dit Unnur avec des sanglots dans la gorge.

Ne lui avait-on pas demandé son avis ?

Non, toute seule là-bas, mourant de peur à l'hôpital, car je n'avais pu l'accompagner à cause des bêtes, elle n'avait pas eu voix au chapitre ; personne ne lui posa de question sur rien.

Quelques mois après l'opération, quand elle était censée être parfaitement rétablie et que je commençai à vouloir l'approcher, il apparut qu'elle avait été rapetassée de telle manière que rien ne pouvait la toucher par en-bas sans lui faire très mal. C'est ainsi qu'ils s'étaient acquittés de leur tâche, ces maudits hommes en blanc. Ils l'avaient cousue là, de l'intérieur, si serré que rien ne pouvait passer. Encore heureux qu'ils n'aient pas tout fermé avec leurs coutures ! Ça a été des jours pénibles. Elle, remplie d'une honte qui débordait en flots de larmes brûlantes.

Une fois, elle est sortie en courant et hurlant dans le pré, en robe de chambre, en proie à une sorte de crise, et moi à ses trousses, en caleçon long dans mes bottes. Que pouvais-je lui dire ? On aurait pu croire que je l'avais rouée de coups et qu'elle courait pour échapper au couteau que j'aurais brandi. La vérité était qu'une fois au lit, j'avais eu le malheur de mentionner l'opération. Encore une chance qu'il n'y eût personne aux fenêtres ce soir-là. Ça, on peut le dire.

J'avais suggéré qu'elle se fasse examiner par d'autres médecins pour voir s'il n'y avait pas moyen d'arranger ça, mais rien n'y faisait. Elle réagissait très mal. Criant que je pouvais bien la faire égorger comme n'importe quelle brebis infertile. Elle s'enfermait dans la penderie de la chambre à coucher avec des crises de larmes à ébranler toute la maison. Et moi, ahuri, je regardais fixement les lattes du plancher. De ma vie je n'avais vu un tel comportement.

Et c'est alors que tu m'as dit ça, quand je me suis mis à pleurer sur ton sein. Ce ne furent pas les mots en eux-mêmes qui m'embrasèrent, mais ta façon de les dire, dans l'odeur d'urine lourde et douce. Tu as pressé ma tête contre ta poitrine, contre tes mamelons sacrés, puis, d'une voix basse et profonde, comme un souffle d'air qui s'engouffre dans une ravine, tu m'as dit :

« Aime-la… à travers moi. »

L'aimer à travers toi ! Et tu as attiré ma tête vers tes seins lourds. Quel homme aurait pu résister à telle façon de faire ?

Tu trouves peut-être grossier de ma part d'évoquer cela, et de te l'écrire, Helga. Réputation et respectabilité, je m'en contrefiche. Qu'est-ce qu'on peut en avoir à foutre quand tout est fini ? Tout bien considéré, il faut que j'avoue n'avoir jamais connu d'extase terrestre comparable à nos rapports, là, dans la grange, en ce jour de printemps, éternel dans mon souvenir. Lorsque je pus enfin pétrir tes formes généreuses et me noyer dans la plénitude de tes lèvres en cette brève et bienheureuse saison des amours de ma vie. Ce qui devait arriver arriva. Je me débarrassai de mon pantalon et tu fis voler tous tes vêtements, découvrant tes seins et ton pubis touffu ; tu courus dans la grange et moi derrière toi, excité et bandant comme je ne sais quoi. Sur le tas de foin, ton corps palpitait et tremblait sous le mien. C'était comme toucher du doigt la vie elle-même. Tu gémissais si fort qu'on pouvait craindre que cela s'entende jusqu'à la ferme, mais je m'en foutais complètement. Ça m'était absolument égal que tous les habitants du canton de Hörgá viennent à la porte, salivant des babines, voir de leurs propres yeux comment on s'y prenait, là, dans le foin. Tes seins frémissaient comme si de blanches vagues déferlaient sous ta peau. Je n'avais rien vu de si beau. Et j'avais attendu si longtemps pour le voir.

Je remontai mon pantalon, sans un mot, et détournai les yeux. Tu as dit que je n'avais pas à avoir honte. Tu souriais dans ta félicité comme si tu ignorais ce qu'était le péché. Accoudée sur un bras, de la paille dans les cheveux, tu as dit avec conviction que cela pouvait arriver à tout le monde et puis tu as souri, cherchant à rétablir le contact entre nous. Tu étais irréprochable, là dans le foin. J'ai vidé la baignoire et l'ai portée tout seul jusqu'à la remorque. Ma cagoule de laine enfilée, j'ai mis le tracteur en route, cahotant sur le vieux chemin qui longe la mer pour ne risquer aucune rencontre. Tout poisseux entre les cuisses. Avec le bac à pisse à l'arrière et l'âme comme un fantôme passé à l'essoreuse.

Ça ne s'est jamais passé. Ça n'a jamais eu lieu. C'est ainsi que mon âme a réagi aux sollicitations de la chair. À corps docile, âme impénitente ! Personne ne devait savoir que la rumeur était fondée. J'eus le cœur serré cette nuit-là ; je reconnaissais assurément avoir trompé ma chère Unnur et c'était moche – mon corps le savait. Mais j'avais pu glisser un œil par l'embrasure du paradis.

Paradoxalement, ce fut comme si la rumeur s'éteignit, une fois devenue réalité. Comme si les ragots n'avaient été, au fond, qu'une mise en demeure impérative de la nature réclamant nos rapports. La volonté de la création aurait-elle trouvé sa voie par le truchement des commérages colportés par les habitants du canton ? Et puis elle se serait tue aussitôt l'acte accompli. Après cela, je me sentis purement et simplement soulagé au milieu des gens du cru. Comme si je m'étais plié à leur désir. Jusqu'à Unnur elle-même, dont l'expression s'était éclaircie, ma parole ! Ce n'était donc pas si dangereux que ça.

Quelques semaines passèrent. Je fis tout mon possible pour être gentil avec elle sans évoquer l'opération et elle n'alla ni s'enfermer dans le placard ni hurler aux poutres qu'elle n'était qu'une brebis stérile juste bonne à abattre. Tout s'apaisa en quelque sorte comme après la tempête. Aimons ce qui s'apaise et aimons la bonté humaine. Je suis dans la bergerie à donner du fourrage. Tes hanches se dessinent sur le muret. Tes seins tanguent dans le foin. L'écho de tes soupirs de volupté s'échappe des silos. Tes yeux brillent dans le regard implorant des brebis affamées. Je contemple la toile dans le coin de la fenêtre où un rayon de soleil miroite sur le dos vert d'une mouche. Mais je ne le vois pas, je ne vois rien du tout. Sauf tes hanches blanches et brûlantes, la faim de tes veines et tes seins braqués sur moi depuis les rondins des murs de la grange. Je te vois devant moi et partout, avec la « force de connaissance », comme on désigne l'instinct des ovins dans les vieux fascicules d'élevage.

C'était alors l'époque de la balnéation annuelle obligatoire et mes visites commencèrent à se faire plus drues, comme aurait dit Katla dans l'*Eyrbyggja saga*.

6

L'année suivante fut la plus merveilleuse de toute mon existence. L'année que j'ai appelée la saison des amours de ma vie. L'hiver fut très enneigé avec des périodes de gel intense formant une croûte glacée, la mer était surplombée d'énormes congères durcies sur tout le littoral nord. C'est par un temps pareil, entre Noël et le jour de l'an, que la vieille Sigrídur de Hólmanes passa l'arme à gauche, et ce n'était certes pas la période la plus commode que la grande Faucheuse avait choisie pour faire son coup. « Quand l'heure est arrivée, nul ne peut y échapper » dit le poète Hallgrímur. Je me souviens que la peine causée par le décès fut totalement supplantée par le souci de savoir comment diable on allait pouvoir enterrer la vieille. Même si l'on dit souvent que c'est dur de vivre là-haut, dans le nord, en hiver, c'est encore bien pire d'y mourir. Nous fûmes chargés, Jósteinn de Karsey et moi, d'aller chercher le cadavre pour l'amener à l'église.

Nous partîmes dans la barque de Jósteinn, la veille de la Saint-Sylvestre. Il soufflait une petite bise, mais le temps était calme lorsque nous avons largué les amarres pour nous rendre dans cette région que les rigolos appellent «au nord du couteau et de la fourchette», où il n'y avait en ce temps-là ni chemin, ni ponton d'accostage au bout de la pointe. Une route à peu près carrossable a été construite depuis, après que toutes les fermes ont été abandonnées – air connu, pas vrai? Il ne faut pas s'étonner que la terre de Hólmanes ait été la première à être désertée dans notre canton, car les prés de fauche y sont plutôt réduits et exposés au large. Malgré leur pauvreté, Sigrídur et Gísli furent toujours liés par une tendre affection. Une visite chez eux ne manquait pas d'évoquer le vieux couple de fermiers qui avait tiré le diable par la queue sur la lande pendant quarante ans, dans *Lumière du monde* de Laxness. Ils étaient comme une seule et même personne dans deux corps distincts. On dénigre les fermes les plus ingrates à exploiter en les déclarant loin de la civilisation; se pourrait-il qu'on y trouvât, comme par hasard, plus de civilité qu'ailleurs?

Le vieux Gísli nous servit du café et il avait même une goutte d'eau-de-vie à mettre dedans. Là, dans la cuisine, on discuta des affaires courantes, de la dernière réunion du comité cantonal, de la politique du Parti agrarien, ou encore de savoir si les agneaux avaient eu la diarrhée. Je profitai de l'occasion pour faire une évaluation du foin et palper les bêtes. Je me rappelle encore la belle pousse des cornes chez les brebis de Gísli.

Après quoi, nous commençâmes à dire «bon… eh ben, c'est pas tout ça…», mais il me semblait toujours oublier quelque chose, sans arriver à me rappeler quoi. Nous étions sur le terre-plein quand nous vîmes s'amonceler des nuages noirs venus du nord avec des langues de grésil léchant la surface de la mer. Signe irréfutable de mauvais temps, les vagues commençaient à se briser sur les écueils de la Baleine. Notre bateau semblait être près de se détacher du point d'accostage, pourtant relativement à l'abri du vent de nord-ouest. Jósteinn et moi prîmes congé en vitesse pour regagner la barque. Il me semblait bien que nous oubliions quelque chose, mais cette pensée ne tarda pas à s'envoler : il fallait faire vite si nous ne voulions pas rester bloqués chez le vieux Gísli ou voir le bateau se fracasser contre les rochers. Après avoir ramé quelque temps sous la tempête, une fois dépassé le milieu du fjord, voilà que Jósteinn se met à pousser un cri terrible. Il me regarde, comme ahuri, sur le banc, à ramer, et dit :

– On a oublié la vieille !

Impossible de changer de cap car les vagues s'abattaient sur nous par les deux bords. Et puis nous fûmes vite de l'avis que Sigrídur n'avait pas voulu abandonner son époux bien-aimé. Elle s'était rendue invisible à cet effet – du moins dans nos esprits. Quand nous interrogeâmes Gísli au printemps pour savoir si lui aussi avait oublié le motif de notre venue, il nous répondit qu'il n'avait tout simplement pas imaginé que le blizzard durerait si longtemps. Il était tellement poli, Gísli, qu'il n'avait pas voulu nous retenir dans notre précipitation au moment où le vent se levait, pour nous rappeler la raison de notre visite.

Après cette fameuse expédition d'oubli de cadavre, il y eut des tempêtes de blizzard qu'on qualifia alors de faramineuses, au point qu'il s'avéra tout à fait impossible de se rendre dans le nord en bateau durant des mois. Quand mars fut bien entamé, la situation commença à nous peser sérieusement, à Jósteinn et à moi, car c'étaient nous qui étions responsables du transport du cadavre, de sorte que l'affaire fut soulevée à la réunion du comité cantonal de Hólar et l'on obtint enfin le concours d'un bateau à moteur avec chaloupe et capitaine. Cette fois nous partîmes à quatre pour aller chercher la brave Sigrídur : Hjörtur et Gunnar de Hjardarnes, Jósteinn et moi. L'ancre fut jetée dans la crique de Helguvík abritée de la houle du large, à bonne distance au sud de Hólmanes. Nous gagnâmes la terre en youyou, quatre hommes caleçonnés de laine, en chaussettes montant jusqu'aux genoux et le cache-nez de mauvais temps noué autour du cou. On débarqua dans la crique sableuse afin de suivre à pied la côte jusqu'à la pointe de Hólmanes. Le temps était potable, malgré la neige qui voltigeait. Nous ne fûmes pas mécontents de faire une pause dans le hangar à bateau de Gísli pour secouer la poudreuse de nos vêtements et reprendre des forces avant de continuer la montée jusqu'à la ferme. La première chose qui s'offrit à nos yeux fut le cercueil de Sigrídur. Hjörtur demanda si ce serait malpoli de vérifier que la brave vieille était dedans, et comme l'absence d'odeur avait de quoi surprendre, quelqu'un suggéra que cette longue période de blizzard pouvait expliquer sa bonne conservation. Hjörtur souleva le couvercle. Le cercueil était vide.

– Elle n'a tout de même pas joué la fille de l'air, souffla Jósteinn de sa voix enrouée qui fait toujours l'effet d'un cri lointain sur la lande.

Gunnar de Hjardarnes apporta son grain de sel en se demandant si Gísli avait pu trouver un endroit où la mettre en terre – éventualité improbable sans le cercueil –, à moins qu'il ne l'eût fourrée dans une congère. Hjörtur intervint alors pour dire qu'on ne resterait pas une minute de plus à se perdre en spéculations sur ce cercueil vide, vu que ce n'était pas pour ça qu'on était venus ! On devait se débrouiller pour sortir du fjord avant la nuit et on n'avait pas beaucoup de temps devant nous s'il fallait commencer par la déterrer, sur quoi il cita le vers ancien : « Le jour n'octroya guère aux hommes de sa précieuse clarté. »

Je me souviens que Gísli portait une chemise d'un blanc éclatant et qu'il nous fit fête, nous offrant de délicieux biscuits aux flocons d'avoine cuits la veille. Il devait être sujet aux rêves prémonitoires ou alors sa perception sensorielle lui avait annoncé notre visite longtemps avant notre arrivée. C'est du moins comme ça que je m'imagine la chose. À croire que ce genre de sensibilité a disparu avec la multiplication des appareils de transmission électronique, que le téléphone est venu à bout du véritable lien entre les hommes, de même que fantômes et revenants semblent avoir battu en retraite quand les gens ont commencé à polluer l'air avec des émissions de radio et autres ondes magnétiques. Habitués à l'isolement, les gens des péninsules ont les sens plus développés que les autres. J'ai lu que certaines tribus d'Afrique n'ont rien perdu de cette perception subtile et sont capables de sentir longtemps à l'avance l'approche des hommes et des bêtes.

Gísli, qui ne cessait de nous remercier d'avoir fait tant de sacrifices pour parvenir jusqu'à lui, remplit les tasses d'un délicieux café au cumin servi sur la table nappée de la cuisine. La météo fut à l'ordre du jour – avait-on jamais vu une saloperie de temps pareille ? Puis l'état des agneaux, les nouvelles locales ; on discuta de l'occupation militaire américaine – si ce n'était pas un sacré coup pour la nation – ça, tu peux le dire ! Vous allez voir qu'on va tous redevenir les vassaux, non pas des seigneurs ou des évêques, mais des grandes puissances étrangères. Oui, comme au Moyen Âge. On ferait aussi bien de se déclarer indigents tout de go. Ça, je pense bien. Je crains bien qu'oui. C'est tout à fait ça. Puis le silence s'abattit sur la cuisine. De fines volutes de neige balayaient les cailloutis gelés au-dessus de la ferme. Hjörtur se décida :

– On a suivi la côte à pied et on a fait halte dans le hangar à bateau. On y a vu le cercueil et comme tu sais pourquoi on est venus, on était curieux de savoir si des fois tu avais déjà mis la défunte en terre, ou bien à quoi tu avais eu recours, face aux problèmes qui ont dû se poser.

– Eh ben, dit le vieux Gísli, je ne dirais pas… à proprement parler… que je l'ai mise en terre.

Il s'exprimait avec réticence, avec des soupirs, et c'était pour lui une rude épreuve que de rendre compte de la situation. Il nous expliqua qu'il n'avait pu faire autrement que s'efforcer d'ensevelir dignement sa chère Sigrídur. Puis il ajouta :

– J'ai fabriqué pour elle une sorte de filet avec de la corde de chanvre et je l'ai installée là-haut, sur la poutre… euh… dans le cabanon à fumer la viande.

– Dans le fumoir ? m'exclamai-je malgré moi.

Je m'en voulus aussitôt car le vieux Gísli devint encore plus penaud et garda les yeux obstinément fixés sur le plancher, disant d'une voix brisée qu'il n'avait pas eu d'autre ressource, mais qu'il avait en revanche suffisamment de bon crottin odorant pour fumer la viande, de sorte qu'il s'était tout simplement efforcé de sauver les meubles de cette façon…

Hjörtur fit alors un pas en avant et serra sur son cœur cet homme démuni qu'il était si facile d'aimer.

– Cher vieux. Voilà ce qui s'appelle de la débrouillardise ! Quelle idée de génie !

Et tandis qu'on célébrait la trouvaille de Gísli, de fumer la défunte, Hjörtur sortit une bouteille de rhum de son grand manteau d'hiver et proposa qu'on porte un petit toast funéraire à la mémoire de Sigrídur.

Je me rappelle comme si c'était hier l'émotion que j'éprouvai en voyant avec quel soin le vieux Gísli avait fait les choses, dans la cabane à fumer. Je m'étais dit sur le coup qu'il faudrait faire de cette méthode une coutume funéraire typiquement islandaise, comme ça, pendant que les gens sont en deuil et pleurent ceux qui leur sont chers. D'autant que la fumée aide les larmes à couler. Mais ce ne serait pas commode de fumer tout le monde à Reykjavík. Il faudrait plutôt que ce soit une sorte de luxe réservé à la province. Mais passons. Gísli avait confectionné un treillis autour du corps de Sigrídur en prenant soin de ne pas tresser la corde de chanvre trop serré, pour que la fumée puisse passer au travers. Il l'avait revêtue d'une grosse toile qui laissait, elle aussi, passer la fumée, tout en couvrant sa nudité. Plutôt qu'un brancard, il avait donc réalisé une sorte de cage, de manière à pouvoir retourner plus facilement le corps de la défunte sur les traverses pour que la fumée puisse s'infiltrer par-devant comme par-derrière.

Nous l'aidâmes à la descendre des poutres et pendant toute la durée de l'opération, Gísli causa à sa chère Sigrídur comme si elle était encore bien vivante : « Eh bien, ma chérie, ils sont enfin arrivés du fond de la campagne pour te chercher… Maintenant ma douce, tu vas faire un petit voyage en mer. » C'est ainsi qu'il parlait à cette femme dont il avait apprêté le corps avec tant de sollicitude. Gunnar de Hjardarnes ne put s'empêcher de dire ce que nous pensions tous, en soulevant la défunte avec précaution pour la sortir de la cage et la mettre dans son cercueil, brunie et bienheureuse, embaumant comme le meilleur des gigots fumés – tout juste si l'on ne devinait pas un sourire dans son expression. Il eut ces mots : « Ben mon vieux, je ne sais pas ce que tu en penses, mais moi je trouve que Sigrídur n'a jamais eu si bonne mine ! »

Les larmes brillaient sur les joues de Gísli tandis qu'il fixait le couvercle au cercueil à l'aide de clous – ce qu'il avait demandé à faire lui-même –, tout en continuant de parler à sa chère Sigrídur. Il embarqua avec nous sur le bateau qui nous emmena hors du fjord et Sigrídur put enfin être mise en terre le dimanche suivant.

Je ne me rappelle pas un mot de l'oraison funèbre du révérend Hjálmar, mais une chose est sûre, c'est qu'aucune cérémonie n'embaume autant ma mémoire que l'enterrement de Sigrídur. Gísli fut toujours un fermier modèle. Jamais il ne manquait de foin et ses brebis avaient généralement des agneaux doubles. Elles étaient faciles à élever, bien encornées et bien conformées. Après la mort de son épouse, il poursuivit comme avant son exploitation modèle à Hólmanes, jusqu'au jour où on le trouva froid sur le bord de la mangeoire, une botte de foin entre les bras. Ce fut quelques années après cette histoire. Beaucoup plus tard, on apprit qu'une tempête de sud-ouest avait emporté le pignon de la ferme, mais pendant l'été, il y avait toujours des randonneurs à y fourrer leur nez. Aussi la ferme fut-elle démolie peu après, ainsi que la bergerie.

La dernière fois que je suis passé par Hólmanes, il ne restait plus rien sauf la butte toute verte où se dressait jadis la maison. La brise dans les herbes verdoyantes et le souvenir d'êtres humains. Et c'est comme ça, ma Belle, qu'il en ira de nos fermes à nous aussi.

7

Bon, mais où en étais-je ? Ah oui, j'évoquais la saison des amours de ma vie. Quand Hallgrímur fut parti au loin dresser des chevaux, te laissant te débattre avec toutes sortes de problèmes de gestion et que tu m'avais toujours sous la main – et sous la jambe, si le vieillard que je suis peut se permettre ce jeu de mots –, eh bien « la route de Steinastadir n'était jamais longue », comme dit le vieux refrain du viking Gaukur Trandilsson pressé de retrouver sa belle. C'était l'année où je fis part de mon point de vue au conseiller du ministère de l'Agriculture, dans une lettre où je lui demandais de reconsidérer ses critères avant de donner des points, car le bélier reproducteur d'Ingjaldur de Hóll se révéla totalement inutilisable à la période de la monte.

Au printemps, il y eut un concours de béliers à Eyri. Les montagnes étaient baignées d'une lumière jaune éclatante et un tiède petit vent d'ouest s'engouffrait dans le fjord. Arborant une chemise à col sous ma veste rayée, j'embarquai Kútur, mon bélier, fraîchement peigné, à l'arrière de la Land Rover. J'allumai une cigarette Commander et me mis en route, non sans espoir. Kútur était un superbe bélier, le plus beau que j'aie jamais eu, comme tu le sais, Helga. On l'avait fait plus d'une fois saillir les brebis. Nous étions donc là, lui et moi, sous notre meilleur jour. Je l'avais acheté à Fljót, dans le sud, mais il était issu d'un champion allemand et, qui plus est, de la race de Jökuldalur. Les cornes courtes, le chanfrein large, les reins solides et bien râblés, les cuisses écartées et puissantes jusqu'au jarret, ce qui lui donnait de sacrés aplombs. Il avait une belle cage thoracique, la poitrine trapue et pas étriquée comme celle des béliers d'Ingjaldur de Hóll. La laine fournie, sans mèches grossières, avec des fibres longues et bouclées d'épaisseur moyenne, les yeux vifs et foncés. Il dépassait les cent kilos. Il y avait déjà beaucoup de monde à Eyri : de quoi causer sur le terre-plein devant le foyer rural. Les gens étaient venus du fond des fjords et de la contrée de Tunga dans l'est. Les hommes discutaient du temps, de la diarrhée, de l'orientation du Parti agrarien et de l'occupation américaine. Ils se mouchaient, reniflaient leur tabac à priser. Une ou deux flasques d'eau-de-vie circulaient de main en main et Steinar et Bragi, les deux frères des fermes d'Eyri, déclamaient des strophes de Kristján Óli, ce génie des bouts rimés, avec un phrasé merveilleux, glissant sans effort dans les quintes :

> *Je vais m'en aller, serein,*
> *retourner à la poussière.*
> *Longtemps avec peu de moyens*
> *j'ai eu la vie belle sur la terre.*

Au fond du cœur j'avais bien
– comme tous les autres sans doute –
un fil pour suivre ma route,
mais il ne m'a servi de rien.

La vie et moi avons beau faire
pour négocier un haut salaire.
L'heure est venue de l'abandon
de toutes nos revendications.

L'expert est arrivé en personne, vêtu de sa blouse blanche. Il est allé de l'un à l'autre, appliquant le mètre-ruban aux béliers et les palpant avant le pesage, tout près du foyer rural. Je me souviens que j'étais plutôt content de moi, trouvant que Kútur l'emportait de loin, d'autant que certains l'avaient qualifié d'animal superbe, et que cela ne gâchait rien de pouvoir faire remonter son ascendance à un champion allemand et à la race de Jökuldalur.

Ce n'était pas l'avis de l'expert. Il me signifia que Kútur était bien trop haut sur pattes, même s'il l'emportait pour ce qui était de la poitrine et de la ligne dorsale. Voilà ce qu'a dit l'éminent expert : Kútur avait les pattes bien trop longues ! J'enrageai quand, au cours de la cérémonie solennelle, il annonça sur l'estrade décorée de cocardes que c'était au bélier d'Ingjaldur de Hóll que revenait le premier prix. Pour couronner le tout, il nous recommanda, à nous les fermiers du voisinage, d'en faire usage le plus possible lors de la prochaine période de monte.

Le bélier riquiqui d'Ingjaldur a gagné du seul fait qu'il avait les pattes plus courtes. Une fichue bête

aux pivots serrés qui n'avait même pas de poitrine !
Et c'est tout juste si ses cornes de côté lui permet-
taient de brouter au bord des talus. Je n'en revenais
pas. Cet animal ventripotent ! Je ne fus pas le seul
à accuser le coup et le quatrain qui vit le jour ne
tarda pas à être sur toutes les lèvres, l'expert lui-
même étant maigre, haut sur pattes, avec les pieds
en dehors :

> *S'il mesurait sa valeur,*
> *le prix serait ridicule,*
> *compte tenu de la hauteur*
> *de ses panards aux testicules.*

La vérité, c'est que le pays a produit des éleveurs
d'ovins de génie. La première théorie qu'on apprend
des vieux, c'est d'avoir des bêtes hautes sur pattes
pour les faire pâturer sur terrain accidenté ainsi que
sur la grève en hiver. Mais qui nous avait collé ce
polichinelle ? Un type qui avait usé ses fonds de
culotte sur les bancs de l'école et appris dans les
livres que les ovins devaient avoir les pattes courtes
pour suivre la mode d'on ne sait où. C'était la fin de
tout. Voilà qu'on nous enjoignait de faire saillir les
brebis par un bélier ventripotent et tellement court
sur pattes qu'il roulait sur le flanc à la première bosse
de terrain ! C'est comme ça qu'étaient les béliers
d'Ingjaldur. Il y a là-dessus une histoire bien connue.
Un jour arrive à la ferme de Hóll un visiteur qui
demande à voir Ingjaldur. Un petit gars lui répond
que son papa n'est pas là, qu'il est sorti « redresser
les béliers ».

Le malheur est que ce genre de foutaise démolit tout ce que la culture islandaise a édifié ; les gens vont à l'étranger apprendre une connerie quelconque qui ne s'applique pas à notre île, et ils font tout ce qu'ils peuvent, au nom de la nouvelle mode, pour saboter et éradiquer les particularités qui ont pu se développer ici. En Italie on mange les moineaux. Kristín, ma grand-mère, m'a appris à interroger la bergeronnette sur l'avenir, au printemps ; elle m'a dit de ne jamais voler les œufs du traquet motteux sous peine de voir mes doigts se raidir et se recroqueviller. Ne vaut-il pas mieux adhérer à ce genre de croyances et profiter du spectacle des petits oiseaux plutôt que les manger, rien que parce que c'est la mode quelque part dans le monde ?

Où en étais-je déjà ? Ah oui. Tu t'en souviens mieux que moi, ma Belle, quand nous avons transporté en barque les brebis en chaleur jusqu'à la grève à varech et que nous avons essayé de les faire saillir par le bélier d'Ingjaldur. C'était une vieille pratique qui, selon mon père, venait du philosophe grec Aristote. Je me rappelle comment le préfet Magnús Ketilsson formulait la chose, à savoir que la naissance d'agneaux doubles était due « à la puissance de connaissance instinctive des moutons qui ont sous les yeux à la fois la terre et la mer au moment où le bélier éjacule et où la brebis accueille sa semence ». C'est comme ça qu'il énonçait la chose, le brave homme, pour notre plus grand profit.

Mais c'est qu'il n'y avait pas moyen de les faire saillir par ce gros patapouf. Et je ne supportais pas le maudit bourdon de ses bêlements, moi qui ai horreur de ce genre de cris ! Alors j'explosai et nous décidâmes d'un commun accord de laisser aux béliers Kútur, Bassi et Klængur le soin de féconder les brebis restantes. J'écrivis une lettre bien sentie à qui de droit. J'y exprimai mes doutes sur la compétence de l'éminent expert agricole à juger les ovins. Je ne voulais pas voir mon cheptel décliner par la faute d'un reproducteur aussi peu rentable que le bélier Dindill. Cette nouvelle mode d'animaux courts sur pattes, venue de l'hémisphère sud, n'était en aucune façon compatible avec la nature accidentée de notre relief. Et puis quoi encore ! Fallait-il se mettre à manger les petits oiseaux ? Il y avait en outre trop de parenté entre Dindill et les brebis de Jökuldalur, ce qui le rendait indésirable pour la propagation de l'espèce (cf. article 4 du fascicule sur les ovins de Hálfdán, Helgi et Jón – Akureyri, 1855). À quoi il convient d'ajouter que l'éleveur de moutons choisira le bélier le plus beau et le plus racé (cf. le même fascicule), et que ce Dindill, si mal proportionné, n'était tout simplement pas beau du tout. Je reçus en réponse une lettre encore plus sentie que la mienne.

J'ai tenu bon.

En qualité de contrôleur des provisions de foin, je suis venu voir si tu étais toujours bien en chair. Derrière la remise aux machines, nous avions trouvé un recoin éclairé par les rayons de soleil qui filtraient entre les interstices des planches, de sorte qu'on pouvait y évaluer l'embonpoint avec exactitude à la lumière du jour. Cela devint notre petit jeu. Tu me demandais de t'examiner et je tâtais ton cartilage thoracique sans y trouver de nodosité, puis je te palpais les côtes les unes après les autres, vérifiais la plénitude de l'échine et enfin le bassin et les cuisses en descendant jusqu'au talon, ce qui te faisait frissonner comme un peuplier dans le vent ; je te palpais de mes doigts voluptueux et inspectais avec précision les protubérances de la poitrine et la consistance de sa chair. Tu gémissais de bonheur. Te voir nue dans les rayons de soleil était revigorant comme la vision d'une fleur sur un escarpement rocheux. Je ne connais rien qui puisse égaler la beauté de ce spectacle. La seule chose qui me vienne à l'esprit est l'arrivée de mon tracteur Farmall. Arracher l'armature et le carton protégeant le moteur pour découvrir cette merveille éclatante qui allait me changer la vie. Tu vois comme ma pensée rase les mottes, chère Helga : te comparer, toi, jeune et nue… à un tracteur ! C'est faire injure à ta beauté que de te mettre sur le même plan que les choses d'ici-bas. Mais… pour ce qui était de faire l'amour, tu n'étais pas à la remorque.

Dieu sait que cette vision est enfouie pour toujours au plus profond, au plus intime de mon cœur, comme au sein d'un coffret où je la garde précieusement. J'ai refermé les mains sur tes seins près de la scie à bois, et j'ai éprouvé leur plénitude dans l'arôme du foin nouveau. Et la touffe drue du mont de Vénus dans la pure clarté. Moi et mon brave Kútur. Tous deux profitant de la bonne fortune dont la vie nous comblait. Quand nous avons fait l'amour, tes seins ballottaient contre le râtelier. Comme des cygnes sur la vague. Je lâchai tout, tu gémis de plaisir et je ne tardai pas à être prêt à fondre sur toi de plus belle, tellement je bandais. J'étais amoureux. J'aimais tout. Ma chère Unnur aussi. Je planais comme un nuage nacré, du matin au soir. Cela ne me faisait rien de travailler comme une brute, d'être à la fois contrôleur cantonal du fourrage et rameur dans ma barque au printemps, quand le temps se prêtait à la pêche au lump pour le caviar, et à la capture des phoques au filet pour ajouter aux revenus de la ferme. J'agrandissais en outre la bergerie à cette époque-là. Je me levais d'un bond le matin. Je me souviens de la fois où j'ai fait cuire la tête d'une énorme morue attrapée dans le filet à lump. J'étais assis là, dans la cuisine, à sucer le jus délicieusement sucré des arêtes, le menton luisant de bouillon gras – et je me disais que tes baisers étaient encore plus doux, plus voluptueux que cela ! Tu étais si proche de moi quand nous nous retrouvions furtivement dans ta grange. Toi, et ce cœur sincère qui était le tien. Tu as dit que tu me voulais et demandé si nous ne devrions pas tout simplement partir ensemble et dire adieu à cette contrée. J'ai ri d'abord, sans prendre ces paroles au sérieux. J'ai essayé de mettre des mots sur ce que je ressentais, même s'ils étaient déficients.

Et puis elle a pris fin brusquement.

La saison des amours de ma vie.

8

Le soleil disparut. Il ne fait de mystère pour personne qu'une femme qui vous regarde comme tu l'as fait, ce soir d'automne devant la grange, porte une nouvelle vie en son sein. Tu n'as eu besoin de rien dire, tout avait une autre tonalité. C'était comme si la vie elle-même parlait à travers toi. Tu avais le cœur serré – ce qui rendait ta voix mal assurée. J'éprouvai une grande compassion pour ton émotion qui me laissait désemparé. Tous les sentiments s'étaient comme fissurés. Affligé de la situation, hésitant et muet, j'étais néanmoins heureux de savoir que j'avais allumé une vie, car tout au fond, c'était justement ce que je voulais : mettre en toi un enfant. Notre situation seule posait problème, avec ces mauvaises langues du canton de Hörgá, toutes prêtes à saliver alentour.

Deux options se présentaient, selon toi, mais ni l'une ni l'autre n'était valable en ce qui me concernait – ça, tu le savais bien, ma chère Helga. Tu proposais que nous renoncions à notre vie ici, à la campagne, pour nous installer en ville, dans la capitale, avec tes enfants, et commencer une nouvelle existence. On pouvait trouver du travail chez les Ricains et des logements pas chers. Tu pouvais dénicher un emploi à temps partiel comme vendeuse ou femme de ménage. Ça marcherait. Il était pour toi impensable d'habiter à côté de Hallgrímur après la fin de votre union. Tu voulais partir et moi, le contrôleur du fourrage du canton de Hörgá, Bjarni Gíslason de la grande ferme de Kolkustadir, je devais venir avec toi. En ville, nous pourrions avoir un avenir glorieux, ce n'était pas l'argent qui manquait et moi, si habile de mes mains, capable de fabriquer n'importe quoi, de réparer n'importe quelle machine, je n'aurais aucun mal à trouver à quoi m'employer.

Là-bas personne ne fourrait son nez dans les affaires des autres, disais-tu, ce n'était pas comme dans cette cambrousse. Il était possible de suivre un stage de couture, d'acheter du tissu et des magazines avec des patrons, afin que les enfants puissent être décemment vêtus. Là-bas les gens savaient se tenir. Là-bas on pouvait apprendre ce qu'on voulait. Tu rêvais, m'as-tu dit, de t'initier à la céramique, de mouler et modeler cruches, pichets et objets d'art. Là-bas on pouvait s'offrir un chocolat chaud au café et aller au théâtre. On pourrait voir autre chose et mieux que *les Proscrits*. À Reykjavík, il n'y aurait pas toujours ce maudit vent du nord soufflant du large, comme ici. Tes arguments enflammés étaient empreints d'un tel enthousiasme que, me laissant séduire par tes paroles, je souris et me représentai la vie à Reykjavík sous l'éclairage que tu lui prêtais.

Et puis je me rappelai qui j'étais.

Où j'étais.

Je me détournai pour regarder le bout de planche dépassant de la bergerie.

Tu t'effondras alors et te mis à pleurer. Tu t'en souviens aussi bien que moi. Tu m'imploras de tout ton cœur. Tes paroles me déchiraient jusqu'au fond de l'être. Je m'assis sur un tas de piquets de clôture près de la bergerie. Je montrai les montagnes tout autour de nous et d'une voix brisée je récitai un quatrain de Sigurdur Breidfjörd :

> *La terre où l'on a vu le jour*
> *n'est-elle pas chère à notre cœur ?*
> *Où la lumière est pleine de vie,*
> *où le petit devient grand.*

– Ne viens pas me servir ces foutus vers de mirliton sur la putain de terre natale, me dis-tu.

Tu pouvais être aussi résolue que mal embouchée et cela te rendait plus attirante encore, tout en accroissant mes doutes sur la conduite à tenir. Tu as dit que tu ne pouvais pas continuer à vivre ici dans la honte, sous le nez de Hallgrímur et de sa famille disséminée dans toute la contrée. Comment ferais-tu pour te rendre à la Coopérative, en femme honnête ? « La voilà, la putain qui s'est fait engrosser par Bjarni du temps qu'elle était mariée à Hallgrímur. »

C'est moi qui irais à la boutique.

Non. Il n'y avait pas de compromis possible. Tu ne laisserais pas la moindre rumeur d'adultère se répandre, pour ensuite avoir à repousser les ragots sans fin, coincée comme tu le serais dans les gosiers infamants du canton. Voilà ce que tu as déclaré. Bon

Dieu, quel talent tu as pour trouver tes mots, Helga chérie. Ce sont tes paroles que je cite : « les gosiers infamants du canton ».

Hallgrímur t'avait approchée, lui aussi. Si je refusais, cet enfant serait le sien.

Il fallait que je réfléchisse. Je me dirigeai vers le bout du pré. Cela me transperça jusqu'au tréfonds lorsque tu me soufflas à voix basse que je n'avais pas beaucoup de temps.

Je n'ai pas dormi les nuits suivantes. Couché, je me retournais sans arrêt. Je me levais et sortais pour aller à la bergerie demander aux moutons s'ils pouvaient imaginer avoir un nouveau maître. Je comptais même aller travailler pour les Américains à Reykjavík. Je leur dis enfin que j'aimais une femme. Ils me regardèrent avec étonnement. Je sellai mon brave Skjóni et m'enfonçai à cheval dans la vallée. Les tiges d'élyme des sables s'inclinaient sous la brise et une échappée de nuages dévalait des cimes le long des éboulis. Je suivis la sente sur les cailloutis, traversai le terrain bosselé et dépassai le creux marécageux et les buttes herbeuses. Je fis halte sur celle où gît le premier occupant de ces terres, là où les chevaux ne broutent jamais. De là-haut, je considérai la ferme où avaient vécu mes grands-parents, qui furent si bons pour moi du temps de mon enfance. Kristín, ma grand-mère, avait l'air aussi vieille que les premiers colons de ce pays ; elle est baignée de douce ancienneté dans ma mémoire. À son époque, à la campagne, le savon n'existait pas ; on lavait le linge et les vêtements à l'urine fermentée, comme de toute éternité. Elle faisait souvent la remarque que ce n'étaient plus des cheveux mais une tignasse morte qui couvrait la tête des femmes d'aujourd'hui. Dans sa jeunesse, disait-elle, quand les femmes se shampouinaient à la pisse, leur chevelure longue et épaisse resplendissait.

Des nuages fantasmagoriques passaient au-dessus de moi, dans le creux, et il me semblait toujours que leurs figures voulaient me dire quelque chose, un message à moi seul destiné. Aurais-je jamais l'occasion d'observer les nuages à Reykjavík? Ma perception des choses n'y serait-elle pas comme encroûtée de berniques, face à la beauté de la vie?

Fallait-il que je déménage à Reykjavík pour creuser des fossés ou construire des baraques pour les Américains? Que je mette fin à l'élevage de la race ovine léguée par mon bonhomme de père, et que je m'étais employé jour et nuit à soigner et à croiser de telle sorte que les agneaux doubles et triples étaient devenus monnaie courante? Quitter la campagne où mes ancêtres avaient vécu depuis un millénaire, pour travailler dans une ville où l'on ne voyait jamais l'aboutissement du travail de ses mains, en métayer ou serf des autres. Là où les gens disent que le temps, c'est de l'argent et dépensent au théâtre et autres divertissements les sommes qu'ils ont gagnées en costume tergal dans leurs bureaux. Loin des *gens cachés* sur les pentes. Loin des lieux où chaque monticule, chaque creux a une histoire à raconter. Loin des roches auxquelles je parlais quand j'étais enfant. Loin du marais aux linaigrettes et de la butte qui recelaient d'anciens mystères. Là où j'avais tiré sur un renard en train de chier. Pourquoi ne pourrions-nous avoir la bonne vie tous les deux par ici, dans la région ? Devais-je ne plus jamais revoir l'herbe haute du pré de Hvaleyrarholt que j'avais cultivé ? Actuellement, il y avait peut-être de quoi faire et assez d'argent à Reykjavík, mais demain ? Qui pouvait le savoir ?

Je me souviens avoir dit que les sociétés humaines étaient comme les pommes. Plus elles sont grosses, moins elles ont de goût. J'avais tiré cet enseignement des pommes que le vieux Jensi avait commandées à la Coopérative.

Toujours si prompte à la répartie que c'en était admirable, tu as rétorqué que je n'y connaissais rien, pas plus aux pommes qu'à Reykjavík.

Je me rendis sur la tombe de papa et me rappelai les promesses que je lui avais faites sur son lit de mort, quand il avait fait de moi son héritier. Kolkustadir appartenait à la famille depuis neuf générations ; j'avais juré n'avoir aucune intention de vendre la terre hors de notre lignée. À ce moment-là, mon frère Sigurjón venait de mourir de la tuberculose, Marteinn n'était qu'un enfant, quant à ma sœur Lilja, elle était devenue une pauvre malheureuse. Il y avait quelque démon dans sa tête, elle régressait de plus en plus. Quoi qu'il advînt, je savais que mon âme était ici et que je ne l'emporterais pas à Reykjavík.

– Comme tu voudras, as-tu dit.

Si mon choix était de rester, il faudrait que je l'assume !

Tu blêmis et serras les lèvres.

Tes yeux, je ne pouvais pas les regarder, ça faisait trop mal.

Les liens qui nous unissaient m'ont paru se rompre sur-le-champ. En fut-il ainsi?

Tu savais que cet enfant était de moi, mais personne ne le saurait jamais. Désormais, c'en était fini de notre relation. Plus jamais nous deux. Une fin de soirée à la porte de la grange, et puis plus rien entre nous.

Tu te rappelles ces mots dans la saga de Grettir? «Bien des choses se passent en fin de soirée.»

Je me souviens que mon cœur disait que je t'aimais, lorsque je t'ai regardée et que j'ai vu à quel point tu étais grave et résolue quand tu as séché tes larmes en me parlant, alors que j'étais là debout, tel un pieu en bois d'épave battu par les vents. Je n'ai fait que t'aimer encore plus. N'est-ce pas ce qu'on devient, à côté de celle qu'on désire le plus, Helga ma Belle, un vieux tronc de bois flotté qui se dérobe au grand amour?

Peu après, je me mis à suivre la croissance de ton ventre. De loin. Ici s'avéra le bien-fondé du dicton selon lequel on n'éteint pas en un soir le brasier de la passion.

9

Depuis cette fin de soirée, je suis celui qui n'est pas parti, celui qui a préféré croupir dans son coin plutôt que suivre son amour. Je reconnais que ça a parfois été difficile. Une fois, par exemple, quand je me suis rendu à votre ferme en qualité de contrôleur des réserves de fourrage pour faire l'évaluation du foin et le compte des animaux, la petite Hulda a couru vers moi et m'a sauté au cou. Elle devait avoir environ trois ans, la pauvrette, et elle ne me connaissait pas, sinon par la voix du sang qui se fait entendre par le cœur et l'instinct. Une immense vague de tendresse m'a submergé. Elle avait des boucles blondes qui scintillaient au soleil – plus claires que des ailes de cygne – et elle m'a demandé si je voulais jouer avec elle dans le bac à sable. De sa voix claire et flûtée, avec des yeux bleus étonnés. C'est alors qu'en sortant, tu nous as vus sur le terre-plein, tu t'en souviens sûrement. Tu lui as fait signe de s'écarter. Tu lui as dit de ne pas faire ami-ami comme ça, avec un inconnu. C'est le mot que tu as employé – faire ami-ami.

Je me suis engouffré dans la bergerie pour m'effondrer sur une botte de foin, à l'endroit où nous

avions joui l'un de l'autre si peu de temps auparavant, à ce qu'il me semblait, là même où j'avais
regardé tes seins onduler contre la mangeoire comme
des cygnes sur la vague.

J'avais beau essayer de m'endurcir, les pleurs
sourdaient comme du sang à travers un pansement.
Ils en étaient tout caricaturés. Je sentis la volonté se
propager jusqu'à mes chevilles, elle voulait que je me
lève, que je sorte et que j'aille te dire : «Partons.»
Rien que ce seul mot, «Partons». Mais je me raidis.
Il fallait se remettre d'aplomb. Je me demandai quelle
sorte de type je deviendrais à Reykjavík. Réduit à la
mendicité avec toi et trois enfants. Serais-je capable
de vous aimer, toi et les enfants de Hallgrímur, dans
de telles circonstances ? Est-ce bien sûr, ma chère
Helga, que tout se serait bien passé pour nous ? J'aurais creusé un fossé pour toi. Le même fossé toute
ma vie, pour le combler à nouveau. J'aurais traversé
la lande dans les deux sens, jour après jour, à en user
deux paires de chaussons en peau de poisson, rien
que dans l'espoir de pouvoir te toucher du doigt.
J'aurais mangé du savon pour toi si tu me l'avais
demandé. Mais renoncer à moi-même, à la campagne
et au travail de la terre auquel je m'identifiais, ça, je
ne pouvais pas. J'avais bien fait de me ressaisir. Au
moment où j'essuyais mes larmes, là dans le foin,
Hallgrímur parut à la porte.

J'avoue avoir médité parfois sur la façon de me
débarrasser de lui, pour que ça ait l'air d'un accident.
Ce bon à rien en matière d'élevage, ce fainéant en
tout, sauf peut-être en dressage de juments… Je
songeais à l'emmener avec moi réparer la courroie

de mon Farmall et m'arranger pour que le tracteur embraie de lui-même – ce qui s'était déjà produit – avec l'arrivée de gazole au maximum, et qu'il l'écrase en faisant marche arrière, sans que je puisse rien y faire. Mais tout cela n'était que pauvres élucubrations de ma part, une espèce de satisfaction maligne qui se frayait malgré moi un passage dans ma conscience. Je me rendais bien compte que ces pensées débiles provenaient du mécontentement que j'avais de moi-même et du coup, le baume qu'elles me procuraient ne durait guère. Je ne lui aurais bien entendu jamais fait de mal. Jamais je ne serais passé à l'acte, comme mon homonyme du roman *l'Oiseau noir*. Il n'en était pas question.

Je me rappelle que cette année-là, on a lancé des bombes atomiques sur le Japon. À l'automne, lors d'une réunion sur un sujet quelconque au foyer rural, on n'avait pas tardé à évoquer cette nouvelle menace. On avait entendu dire qu'il existait suffisamment de bombes pour détruire toute vie sur la terre, et même plutôt deux fois qu'une. Certains prétendaient que désormais tout pouvait sauter et qu'on ne pourrait rien y faire.

Ingjaldur de Hóll affirma alors d'un air sentencieux que jamais l'homme n'avait fabriqué d'outil qu'il ne pût maîtriser lui-même.

Un ouvrier agricole de Raudamel, bien gominé, se leva et dit pouvoir citer un exemple du contraire : Hédinn de Klaufnabrekka s'était fabriqué une brouette bien trop grande, l'avait remplie de bouse de vache et s'était mis en route pour descendre au pré du bas de la pente. Il avait soudain perdu le contrôle de la brouette qui était passée par-dessus le talus du fossé, où elle se trouvait encore.

Après cette histoire du tâcheron, le silence s'abattit sur l'assistance.

– Eh ben, tu m'en diras tant, mon vieux ! fit Gunnar de Hjardarnes, rompant le silence.

Sur quoi il secoua son mouchoir à priser et se moucha. La liste des orateurs fut épuisée en un clin d'œil. Ceux qui avaient déjà préparé leur strie de tabac sur le dos de la main avant le début des discours la reniflèrent, se mouchèrent et commencèrent les « bon, mais c'est pas tout ça… », puis l'assemblée se dispersa sans tarder.

10

J'investis dans l'acquisition de jumelles supplémentaires. Je commandai à la ville le grand Livre des Oiseaux. Ma chère Unnur fit la remarque que j'étais devenu bien passionné par l'observation des petits volatiles. C'était rarement eux que j'observais, sauf quand Unnur ou quelqu'un d'autre pouvait me voir ou s'approchait de moi. Je dirigeais alors mon regard vers le haut de la colline ou le fond de la vallée en disant qu'il était inhabituel pour les bécassines des marais d'aller nicher si haut dans les éboulis rocheux. Je signalais que les bécasseaux violets se rassemblaient bien tôt cette année sur les bancs de sable, ou encore que la sterne n'avait que de maigres becquées à rapporter à ses petits cet été-là. En fait, je n'observais que toi et la petite. Je la voyais se bercer toute seule devant la ferme sur la balançoire que je t'avais aidée à fabriquer pour tes enfants, Einar et Vigdís, longtemps auparavant. Je la voyais t'appeler quand tu étendais du linge, pour te demander sans doute de la pousser. Elle appelait Hallgrímur qui, ne tenant pas en place, déambulait sur le terre-plein sans lui accorder la moindre attention. Je la voyais, assise sur sa balançoire, devenir grave comme tu l'étais quand tu la portais dans ton ventre. Je la voyais abaisser sur l'herbe des yeux rêveurs. Je la voyais tirer la langue – elle tenait ça de moi – en s'appliquant à faire des pâtés dans le bac à sable. Je la voyais faire le tour du pré en courant et puis recommencer, encore et encore. Je la voyais pleurer. Trébucher et se relever. Imiter ses frère et sœur. Cuisiner comme toi et inviter le monde à manger des os de moutons à la bouillabaisse. J'observais ma fille au loin, faisant des pâtés de sable, jusqu'à ce que ma vue se brouille parce que les oculaires des jumelles étaient pleins de larmes.

Je composai un poème où la petite était comparée aux rayons du soleil qui nous réchauffent et font nos délices. Mais on ne peut mettre la main sur eux ni se les approprier, car ils sont d'un autre monde, comme les boucles d'or de ma fille, dansant dans la brise :

> Les rayons de soleil réchauffent l'âme humaine
> tout comme ta blonde chevelure.
> Pourtant je me sens partagé –
> mon cœur réclame davantage en pâture.

Vous êtes toutes les deux la seule religion que j'aie jamais eue. Quand cela allait mal dans ma vie, je m'y prenais autrement que d'aller me frotter à Dieu et au Christ. Il y a assurément une foule de gens qui crèvent de faim et manquent de tout. Moi, j'ai toujours eu assez pour les miens et moi-même, et mes décisions, je les ai toutes assumées sans déranger ces messieurs dans leur boulot. J'ai compris aussi que ce

Dieu qui est aux cieux doit être en partie fabriqué par l'homme. Je crois bien qu'il existe, mais il ne doit guère être du genre à se laisser pousser la barbe. Il m'a semblé qu'il se manifestait plutôt dans les couleurs d'automne ou dans l'arôme d'un bout de bois d'épave fraîchement fendu, qui se scinde joliment en deux piquets de clôture destinés à vous survivre.

Un idéal ? J'en ai eu un et je l'ai perdu. Peut-être ma foi dans le Mouvement coopératif islandais a-t-elle été une sorte de religion au début. J'ai siégé longtemps au sein de la direction de la Coopérative et je me suis chargé de l'abattage et de la salaison pour la Norvège. On voyait, paraît-il, trois couperets en l'air quand je fendais l'échine des agneaux d'automne dont les quartiers allaient s'entasser dans les tonneaux de chêne – un peu comme on a dû voir trois épées en l'air quand le viking Gunnar de Hlídarendi brandissait la sienne. L'Union était au départ une association censée défendre les intérêts des fermiers et assurer un bon prix pour leur production. C'étaient les seules prémices visibles du socialisme dans ces parages et probablement son unique manifestation de tout temps en Islande. Certains fermiers faisaient preuve d'un tel fanatisme pour cet idéal qu'il ne fallait pas dire un mot de travers à l'encontre du Mouvement coopératif. J'ai pourtant vu les coopératives et l'élevage des moutons dépérir, car l'idéal fut bientôt oublié en route, et les fermiers avec, tandis que l'Union se transformait en grande puissance et en société parasite à Reykjavík, enfonçant un coin dans notre modèle social. Il s'en est fallu de peu que tout l'élevage ovin du pays soit anéanti. Voilà ce qu'est devenu le bel idéal, ce qui donne raison au poète quand il dit : il y a ceux qui allument le feu et ceux qui en profitent.

Tu sais, ma Belle, que je ne suis pas le vieillard typique qui chante les louanges du passé et trouve à redire à tout ce qui appartient au présent. Il y a eu des progrès dans bien des domaines et je me demande si aucune autre génération connaîtra jamais des changements comparables de sa condition en l'espace d'une seule vie. Nous qui avons grandi dans une culture qui n'avait guère évolué depuis l'époque du peuplement du pays, et qui avons connu aussi l'ambiguïté du temps présent, ses engins, ses outils et cette saloperie de lait pasteurisé. Bien sûr que l'apparition des bottes en caoutchouc a été un progrès. Je n'avais pas l'âge de la communion que mon père m'envoyait faucher les terres marécageuses du fond de la vallée. J'y passais la moitié de l'été debout dans la bouillasse qui giclait de mes chaussures en peau de mouton, ce qui a fini par me mettre sur le flanc avec une pleurésie carabinée. Tout juste si j'ai eu droit à quelques jours de repos avant que mon père ne me renvoie dans la vallée. Il m'a fallu des années pour récupérer et j'aime mieux te dire que celui qui reçoit sa première paire de bottes en est bien heureux. Nous qui avons vu les bulldozers déblayer les fermes à toit de tourbe du canton de Hörgá pour faire place au ciment. Croire au progrès et se l'approprier est une chose, mais c'en est une autre que de mépriser le passé. Les vieilles fermes ont toutes disparu à présent, parce qu'elles rappelaient aux gens le froid, l'humidité et ce qu'on appelle cruellement le mode de vie des culs-terreux. Mais quelle est la culture de ceux qui parlent ainsi ? C'est quand les gens tournent le dos à leur histoire qu'ils deviennent tout petits. Ça n'a pas été une mini-révolution quand le téléphone et la radio sont arrivés dans les campagnes et que grand-mère Kristín a demandé, le doigt pointé sur le poste de TSF, comment c'est-y qu'on faisait pour mettre un homme entier dans une aussi petite boîte. Elle affirmait aussi, avec plus de justesse, que tout ce qui se disait au téléphone n'était que menteries qu'il ne fallait point croire. Et même si l'on vante les mérites du poste récepteur et des bulletins météo, le fait est bel et bien qu'on ne se rappelle rien ou presque de ce qui sort de l'appareil. En revanche les lectures édifiantes à la maisonnée, tirées des *Psaumes de la Passion* ou du recueil de paraboles de Vidalín, restent gravées dans la mémoire, de même que l'expression du lecteur, le timbre de sa voix, les soupirs qui l'accompagnent et les commentaires qui suivent. Et la vérité n'est-elle pas sortie de la bouche du père Vidalín quand il a dit qu'il est facile d'entraîner une bonne nature au mal mais difficile d'amener la mauvaise au bien ? La TSF est arrivée et Vidalín est mort – comme a dit Bárdur de Stadur.

Ce dont on se souvient le mieux, ce sont les réunions, par exemple sur le terre-plein de la Coopérative ou bien chez nous, à la Société de lecture, où l'art du récit avait ses envolées. À présent les gens ne se parlent plus, ne se réunissent plus ! Et de bons conteurs d'histoires, on n'en trouve plus nulle part.

J'ai essayé de faire plus que m'occuper des bêtes et de ma barque de pêche. Je me suis battu pour diverses idées qui me tenaient à cœur. Je me suis chargé de fabriquer des machines à filer quinze brins à la fois, actionnées à la main et destinées à quelques foyers, car il n'y avait pas de raison que les gens de la campagne restent à se tourner les pouces pendant l'hiver, quand on pouvait multiplier par cinq la valeur de la laine.

Je bricolais des tas de choses de mes mains. Je fabriquais des entraves en crin et en os pour les chevaux, confectionnais des brosses pour lampes à huile et des balais de même matière, des boucles pour cordes, des boîtes à ordures en fer-blanc, des pinces à linge en bois. J'assemblais des tables et des chaises pour cuisines et salons tandis qu'Unnur brodait des coussins de toute beauté – ça avait du succès. J'ai fabriqué des lessiveuses, des abreuvoirs, des seaux hygiéniques, des placards ; j'ai réalisé des abat-jours en peau de loup de mer tacheté, des coffrets gainés de peau de phoque comme en faisait le défunt Gísli Konrádsson. Et ainsi de suite. Les foyers d'aujourd'hui sont sacrément pauvres du point de vue de notre culture. Les objets qu'on y trouve viennent des quatre coins du monde, le plus souvent sans la moindre indication de leur lieu d'origine. Or quelle est la différence entre un objet fabriqué maison et un autre qui sort de l'usine ? Le premier a une âme et l'autre non. Car celui qui fait quelque chose de ses mains laisse dans son ouvrage une partie de lui-même. J'ai écrit un article dans *le Journal des Fermiers*, où je demandais pourquoi les journaux de mode étrangers étaient les seuls à fournir des patrons pour la couture. Pourquoi les femmes islandaises étaient-elles réduites à copier des modèles étrangers faute de pouvoir acquérir le savoir-faire islandais, de s'initier au tissage à l'ancienne à deux fils de trame, au tricot jacquard, au crochet, à la dentelle ou à la broderie au point passé plat ? Ma prose, à vrai dire, ne cassait pas des briques. Je me suis rendu compte après coup que je m'efforçais sans doute de légitimer notre vie ici, à la campagne, face à toutes ces revues de mode sur papier glacé que l'on ne trouvait qu'à Reykjavík. En tout état de cause, je ne démordrai pas de la conviction que si les gens avaient continué à développer l'artisanat et le travail domestique de la laine, il y aurait plus de culture dans les foyers islandais modernes, et pas seulement un tas d'objets préfabriqués, plus dénués d'âme les uns que les autres.

À l'automne, au bal du rassemblement des moutons, Ingjaldur de Hóll vint me trouver. Il avait entendu dire qu'Unnur avait des problèmes de fécondité. Le bruit s'était répandu dans la contrée qu'elle ne pouvait pas avoir d'enfants. Je sais bien qu'il ne pensait pas à mal, mais quand il s'est mis à me conseiller de la pincer fermement par-derrière, ou de lui fourrer des glaçons par le bas après les rapports, je lui tournai le dos et sortis.

11

C'est au printemps, à la première sortie des agneaux de la bergerie, que j'éprouvais avec le plus d'insistance le désir de te voir ravaler ton orgueil et venir me rejoindre. Et chaque fois que les fleurs de pissenlit s'étalaient dans les prés, des flammes jaunes s'allumaient aussi en un autre endroit. J'étais prêt à me séparer d'Unnur, tout en veillant à ce qu'elle ne manque de rien. Mais cette maudite fierté était rivée en toi – une tare de ta famille, originaire de Breidafjördur comme Gudrún, l'héroïne de saga qui, folle de dépit d'avoir été délaissée par son amant, en épousa un autre rien que par orgueil.

Maudit orgueil de merde !

Pardon.

Excuse-moi, ma Belle.

Je me suis laissé emporter. Ce n'est rien. Bien sûr, à mieux considérer les choses, je ne sais plus quel est le pire, de mon entêtement à croupir ici ou de ton orgueil. Ce qui est sûr, c'est que ni l'un ni l'autre n'a voulu céder. Je sais qu'il n'aurait pas été facile pour toi de vivre ici chez moi. Dans la ferme voisine. À côté de Hallgrímur. Mais je sais aussi que j'aurais dépéri à Reykjavík, que mes forces vitales s'y seraient épuisées. Et quand on aurait eu des problèmes, j'aurais eu envie de revenir ici, à la campagne. Ça ne t'aurait pas échappé. Qui sait ce qu'il serait advenu de nous ?

Mais le désir de toi était dans ma chair. Parfois, ça me faisait peur. Une fois, peu après la fin de l'hiver, je me suis réveillé debout dans le pré, en caleçon long pour tout appareil, et avec une de ces érections ! Dieu merci, c'était aux aurores, et sans témoins à ma connaissance. J'avais donc été somnambule. J'avais rêvé de toi. Dans mon rêve, j'avais vendu les terres pour trente poules – pas des pièces d'or – et je m'en allais te rejoindre avec les volailles en cages pour t'annoncer que nous allions maintenant prendre la route de la ville. Mais tu voulais d'abord faire l'amour et tu t'étais déjà dépouillée de tous tes vêtements dans la grange. Tu peux t'imaginer à quel point je me suis trouvé couillon quand mon rêve s'est dissipé. Un bonhomme dehors en pleine nuit, au milieu d'un pré, à peine vêtu d'un caleçon troué et la quéquette en l'air, tel un cachalot échoué ; un bonhomme qui a préféré croupir dans son trou plutôt que suivre l'amour. « Les femmes causent parfois ma perte » a dit Björn, le champion de Breidavík, « Une claire et pure jouvencelle m'a aimé » a écrit un autre, et un troisième a déclaré : « Point de séparation pour les esprits qui s'aiment. » Sais-tu laquelle de ces phrases s'applique à nous ? Moi pas.

Je n'ai jamais rien tenté derrière ton dos pour approcher Hulda. Nous avions conclu un accord.

J'entrerais le dernier à l'église pour être le plus près de la sortie, pendant que tu serais à l'avant avec les tiens. Tu as cessé de fréquenter l'Association des femmes et je te prévenais toujours la veille quand j'allais venir évaluer le foin et examiner les bêtes, pour que tu puisses garder la petite Hulda à l'écart. Nous avons œuvré ensemble à dissimuler ce secret, bien accordés sur ce point, comme nous l'avions été avant, à la fenaison. Pour dissimuler ce qui était vrai et juste.

Étouffer notre vraie flamme, qui était pourtant de bon aloi.

Est-ce que ça ne finit pas par bien faire, dis, ma Belle ?

Une fois Hulda est arrivée ici, à cheval, en compagnie d'une amie. Elle devait avoir dans les quinze, seize ans, et séjournait à la ferme de son «papa» à l'occasion des vacances scolaires. Les deux adolescentes en escapade avaient bu quelque lambic local. Elles étaient si gaies et pleines de vie, là, dans la cuisine, que la maison me fit l'effet d'un tombeau longtemps après. Hulda déclara qu'elle était entrée au lycée et sa copine tint à préciser qu'elle décrochait les meilleures notes en tout. J'élaborai pour elles un petit cocktail que je leur servis dans des verres. Unnur en fut scandalisée et monta dans sa chambre. Les jeunes filles racontèrent que ce n'était que surprises-parties et boogie-woogies sans fin à Reykjavík. Elles s'amusaient et riaient toutes les deux en me demandant si je savais danser le be-bop ou si j'avais entendu parler du *rock and roll*. Je pris grand plaisir à leur jubilation.

Mais soudain tout s'assombrit en moi. Je crus que j'allais perdre connaissance et, m'excusant auprès d'elles, je filai à la grange. Dès que j'y eus séché mes larmes, la colère explosa. L'existence m'apparut injuste et ma vie totalement dénuée de signification. Je t'en voulais d'avoir allumé cette vie avec moi pour me l'enlever ensuite. Et voilà que cette même vie semblait n'être venue à moi que pour me narguer dans mon dénuement.

Je ne me sentis pas mieux en revenant dans la cuisine quand Hulda demanda pourquoi Unnur et moi n'avions pas d'enfants. Il faut que tu saches, chère Helga, que cela a été dur pour moi aussi. Toi au moins, tu as gardé le fruit de notre passion. Moi, rien. Et puis quand Hulda est devenue présentatrice à la télévision, pénétrant à ce titre dans notre salon chaque soir que Dieu fait pour annoncer le programme, ça ne m'a pas aidé à oublier ni à desserrer l'étau qui me comprimait le cœur. Bien au contraire. J'essayais de lire dans les expressions de son visage, dans le timbre de sa voix, si elle était heureuse, bien mariée là-bas à Reykjavík, et si elle n'était pas tout simplement reconnaissante d'avoir été conçue. Elle était si belle. Parfois, quand Unnur délaissait son fauteuil, je m'approchais de l'écran pour toucher le visage et les cheveux de ma fille.

Je peux te raconter ce qui s'est passé il y a de nombreuses années. Un soir, nous étions assis tous les deux au salon, Unnur tricotant dans son fauteuil. À l'écran, Hulda venait d'annoncer le programme de la soirée quand je me suis levé et j'ai arraché le poste de télé de sa prise pour le balancer par la fenêtre, ce qui provoqua une explosion terrible sur le terre-plein. Le chien, abasourdi, s'est mis à aboyer. Unnur, toute blême, s'était arrêtée de tricoter. Elle considéra le tabouret qui avait servi de support au poste comme si son âme n'arrivait pas à enregistrer sa disparition.

J'ai dit : Il n'y a jamais rien à voir sur cette foutue télé.

Elle a dit : Pourquoi ne l'as-tu pas jetée plutôt par la porte ?

12

On pourrait à la rigueur accepter de vivre en ville, si l'on n'y devenait pas tellement ennuyeux à force d'y habiter. Même les canards de l'Étang, qui voient tout leur tomber cuit dans le bec, perdent leur éclat et leur caractère. Quand je suis allé à Reykjavík pour le compte de la Coopérative, en me baladant autour de l'Étang, j'ai pu constater que les oiseaux s'y comportent autrement. Ils ne jouent ni ne manifestent la moindre curiosité, à la différence de leurs congénères dans la nature. Les canards de Reykjavík sont devenus exactement pareils aux gens, de tristes parasites qui se chamaillent pour gober ce qu'on leur jette. N'est-ce pas précisément ce terreau qui génère des idées selon lesquelles la vie serait vide de sens ? Précisément chez ceux qui ont perdu le contact avec leur vraie nature. Je serais devenu soit l'un, soit l'autre : balayeur des rues ou employé de station-service, et à l'heure de passer l'arme à gauche, personne ne s'en serait aperçu. Quelqu'un d'autre aurait tout simplement pris ma place. Je serais devenu ouvrier à Reykjavík et ma présence au monde n'aurait pas éclairé grand-chose.

J'ai vécu tous les jours de ma vie avec la lueur d'espoir de retrouver l'amour. À Reykjavík, cette lueur se serait éteinte en quelques mois. J'aurais trouvé tout mon travail dénué de signification, senti l'ennui s'abattre sur moi et je me serais mis à boire pour me changer les idées. C'est comme ça qu'on devient à Reykjavík. Je l'ai vu dans les films qu'on tourne sur les gens de la campagne. L'image de la société qui en ressort est celle de grosses brutes à l'esprit tordu qui n'ont rien d'autre à foutre que de tabasser leurs proches en s'exprimant par mono-syllabes. C'est comme ça que je les vois faire à Reykjavík. Les pauvres types. Crois-tu que j'aurais pu t'aimer dans un endroit pareil, ma chère Helga ? Et si l'on se donne pour acquis ce que les gens des villes d'aujourd'hui s'imaginent – à savoir que le bonheur consiste à pouvoir s'offrir tout ce qu'on trouve dans les boutiques, au point d'en devenir nécessiteux en son for intérieur, que la félicité réside dans la liberté de choisir tout ce qui vous passe par la tête, comme si le monde était un restaurant universel –, n'est-ce pas une manière de condamner les générations passées qui n'ont pu vivre ainsi ? Le bonheur et la plénitude seraient-ils les toutes dernières inventions des gens des villes ? Et toute la vie passée de ce pays, alors – en fait, la majeure partie de l'existence, quelle que soit l'époque – doit-on la considérer comme infortunée et dépourvue de sens ? Je ne suis pas sûr que l'étincelle qui brillait dans les yeux de ma grand-mère Kristín, ni sa bonne humeur, correspondent à une telle vision de l'histoire.

Fi du mensonge du capitalisme ! Honte à cette sorcière démoniaque ! dis-je, comme Grettir le Fort parlant de l'ogresse. C'est exactement ce genre de personnes ne doutant jamais des valeurs ni des références de leur époque, qui sont devenues des nazis en Allemagne. À croire parfois qu'on peut inculquer n'importe quelle idiotie à l'être humain, tant il est crédule et démuni.

J'aurais recouru à des solutions désespérées pour surmonter l'ennui et le vide suscités par le choix de toute chose comme sur un menu. Devais-je édifier des baraques et creuser des fossés pour les soldats d'occupation américains ? Ces salopards sans âme ! Ils pouvaient bien, pour ce que j'en avais à foutre, s'en aller tous sur la lune – et y rester. Devais-je travailler pour eux et devenir, du même coup, pareil à eux ?

Aurais-je pu t'aimer alors ?

Je ne regrette rien, Helga. Puisque c'est toi qui as voulu qu'il en soit ainsi. C'est pourquoi, je l'affirme : il n'a jamais été question de choix pour moi.

C'est à toi qu'il appartenait.

Et tu n'as pas voulu de moi.

13

Chaque jour de ma vie, j'ai adoré les animaux. J'ai dépanné plus d'un fermier qui avait des problèmes de moteur, ayant appris plein de choses en mécanique au cours de stages à l'école d'Agriculture et par mes propres moyens. Je savais me servir d'un établi étau et j'avais des affinités avec le fer, comme il est dit du viking Skallagrímur. J'ai donné aux gens du poisson frais pêché et j'avais toujours un tonneau de graisse de phoque salée, à la grande joie des hôtes de passage. Le lump que je pêchais et fumais moi-même était réputé et il m'a valu bien des remerciements. J'ai régénéré et amélioré la race de moutons que mon neveu Marteinn, fils de mon frère Bjössi, me semble bien apprécier. J'ai sauvé un homme de la noyade et j'en ai ramené un autre perdu sur la lande dans une tempête à décorner les bœufs. J'ai chié dans des congères, me suis torché avec de la neige. Je me suis foutu à la flotte pour ramener à terre des gosses et des agneaux isolés sur un îlot. J'ai siégé longtemps à la commission cantonale ainsi qu'à la direction de la Coopérative et contribué à améliorer l'abattage dont j'assurais aussi la supervision. J'ai participé activement à la Société de lecture du canton de Hörgá et je me suis longtemps chargé de l'achat des livres. Je me souviens du temps où les fermiers pensaient par eux-mêmes, pas d'accord du tout avec cette pensée existentielle venue du sud, selon laquelle la vie serait dérisoire comme le sort d'un homme obligé de hisser une lourde pierre au sommet d'une montagne pour la voir dégringoler et recommencer à la coltiner.

C'est de la pure connerie, a dit le vieux Gísli de Lækur. Ce n'était pas du tout comme ça. Il fallait plutôt considérer que c'était dans la nature humaine de transbahuter des pierres sur les hauteurs pour les caler solidement au sommet et en entasser d'autres tout autour en un beau cairn qui servirait de point de repère. Ce que souhaitait l'homme, c'était ériger un monument à son labeur. Un autre philosophe, qu'on lisait en langue danoise, prétendait que le problème existentiel de l'homme résidait dans le fait qu'il lui fallait sans cesse faire des choix dans ce bas monde et que c'était ça la source de son malheur. Je me souviens que Jósteinn demanda alors de sa voix lente et enrouée qui faisait penser à un appel lointain venu de la lande, si le pauvre homme devait réfléchir longtemps chaque matin pour savoir s'il allait choisir du pain ou des pierres pour son petit déjeuner.

Non, mais écoute un peu ! s'exclama alors Gunnar de Hjardarnes. Il avait entendu dire que ce philosophe passait ses journées dans les cafés de la grande ville, le menu sous le nez. Il serait parti de l'embarras du choix qui était le sien, pour l'étendre à la vie de tous les hommes. Histoire de dire que l'existence se ramenait à devoir toujours choisir comme sur un menu. Les discussions étaient de cet ordre. Il s'agissait là d'hommes qui avaient eux-mêmes forgé le sens qu'ils donnaient à leur vie ; ils avaient l'intelligence dont la nature les avait dotés car aucune école ne leur avait inculqué comment penser. Ils pensaient tout seuls. Les hommes comme ça ont disparu aujourd'hui et je doute fort qu'on en élève de semblables à Reykjavík par les temps qui courent.

Ici, à la campagne, j'ai eu de l'importance. Et si ce n'est qu'une idée, au moins aurai-je eu l'impression d'en avoir. Voilà une différence qui compte. Ici j'ai pu voir le fruit du travail de mes mains. Je n'avais pas cinquante ans quand je suis allé trouver le vieux Jón Eysteinsson, le directeur de la Banque agricole, pour solder toutes mes dettes.

Ça ne les dérange pas, les gens des villes, de n'être pas en prise avec le monde, d'être insensibles et amorphes et de chercher la consolation dans la drogue et l'adultère ; d'avoir seulement à se demander s'ils doivent se supprimer, ou pas. Ou bien attendre un peu. Y a-t-il rien de plus terrible que d'attendre que la vie s'écoule ? Au lieu de mettre la main à la pâte et d'amasser des vivres. Et puis ils composent des poèmes et écrivent des romans sur la froidure et la solitude de la ville. Pourquoi donc ont-ils quitté la campagne ? Qui les en a priés ? Si la vie tout entière n'est que fiction, comme ils disent, n'y avait-il pas plus de vitalité, plus de bonté dans les prés, une clarté plus intense et un sentiment de liberté plus vif dans l'atmosphère d'ici ? Tu sais, Helga, j'ai entendu dire que d'anciens poètes du temps des Grecs et des Romains ainsi que de grands philosophes et des sages du monde comparent la vie au rêve et à la fiction. Mais chez nous, pas la peine de chercher midi à quatorze heures. On trouve la même sagesse en se tournant vers sa grand-mère qui, sans savoir lire ni écrire, pouvait réciter un poème dont elle ignorait l'auteur, et qui n'avait jamais été jugé digne d'être couché par écrit.

> *La vie n'est que transe et rêve,*
> *calme plat et dur ressac,*
> *écueil et courant rapide,*
> *tempête, neige et brouillard.*
> *Avec fleurs et soleil aussi.*
> *Mais derrière les hautes montagnes –*
> *personne n'est encore allé voir.*

Je ne veux pas dire que tout est tellement merveilleux par ici, ni que les gens sont des anges. Bien sûr, ici il y a les ragots, la jalousie, et toutes sortes de conneries qui vont avec l'espèce. Mais ces gens-là vous dépanneront d'un pneu de tracteur en cas de besoin. Jusqu'à Ingjaldur de Hóll, qui est venu à la rescousse quand j'étais en difficulté. Il me respectait, bien que nous ne partagions pas les mêmes vues. Et quand il a dit cela – qu'il fallait pincer Unnur dans le dos –, je savais qu'on faisait ça aux vaches qui ne retenaient pas le sperme pour la fécondation, et c'était tout ce qu'il savait sur ce genre de choses. Cela partait d'un bon sentiment ; je l'ai vu dans ses yeux, qu'il ne me voulait que du bien, le brave gars.

J'ai appris à interpréter le souffle qui sort des naseaux du bœuf. J'ai senti la nature puissante des bêtes m'envelopper et me revigorer. J'ai vu l'homme bleu caché et entendu des revenants frapper à la porte. J'ai senti les forces mystérieuses de l'existence au cœur des buttes et aux endroits ensorcelés et j'ai effarouché les génies tutélaires au moment où mon cheval s'est arrêté. J'ai entrevu des lumières d'il y a longtemps. Personne ne comprend qu'on puisse voir des lumières d'il y a longtemps, et moi je me fiche pas mal que personne ne comprenne ce que cela veut dire. J'ai appris à déchiffrer les nuages, le vol des oiseaux et le comportement du chien. J'ai éprouvé l'étonnement du premier colon et mesuré l'envergure des premiers habitants de ce pays. J'ai perçu l'angoisse du feuillage aux éclipses de lune, j'ai levé les yeux dans les côtes et senti mon âme s'élever hors de moi tandis que je conduisais mon tracteur. J'ai entendu mes glouglous d'estomac répondre aux grondements du tonnerre, petit homme sous un ciel immense ; j'ai entendu le ruisseau chuchoter qu'il est éternel. J'ai fait de la terre ma bien-aimée. J'ai empoigné un saumon vigoureux. Le renard m'a appris ce qu'est l'intelligence. J'ai senti de la compassion dans les yeux du phoque et l'ai libéré de la palangre. J'ai été témoin de la cruauté de l'orque ainsi que de la douceur de l'amour maternel et je me suis trouvé un refuge hors du monde, là où les cygnes vont dormir. Je me suis baigné dans une eau pleine de l'éclat du soleil, et non dans celle qui sort noire des tuyaux de lieux civilisés et j'ai perçu la différence. Perdu dans la tempête de neige, j'ai mené mon cheval par la bride jusqu'aux grands rochers avant d'abandonner la partie, m'en remettant à l'instinct de l'animal pour me ramener à la ferme. J'ai tiré sur un renard en train de chier. J'ai vu un iceberg basculer. J'ai lancé un poisson à la tête du chef de canton. Oublié un cadavre. J'ai pris livraison d'un corps de femme fumé. J'ai vécu d'amour et d'eau fraîche durant les hivers des années soixante où la mer était prise par les glaces. J'ai fantasmé pour combler les lacunes de mon existence, compris que l'être humain peut faire de grands rêves sur un petit oreiller. J'ai continué, ivre de désir et de l'espoir qui pousse la sève jusqu'aux rameaux desséchés de la création. Et puis j'ai aimé et j'ai même été heureux, un temps.

J'ai vu mon enfant grandir et mûrir sous mes yeux, et j'ai pleuré et pensé à toi à en brûler dans ma chair. J'ai crié dans l'odeur de bruyère de la fin d'été, laissant libre cours à mon désir. Pleurant encore plus après. J'ai vu les corbeaux se rassembler. J'ai vu la personne humaine dévêtue et démunie. Et j'ai compati à sa peine.

Oui, peut-être ai-je vécu avec l'amour et pas contre lui. L'amour ne se réduit pas au romantisme citadin où il s'agit de trouver la seule, la vraie qui comblera votre âme jusqu'à la faire déborder et dégouliner telle une pompe intarissable. L'amour est présent aussi dans cette vie que j'ai menée ici, à la campagne. Et quand je l'ai choisie pour la vivre sans regret, j'ai appris que l'homme doit s'en tenir à sa décision, la conforter et ne pas en démordre – c'est ainsi que l'amour s'exprime. C'est ici, au pied de la colline de Ljósuvöllur, qu'il fallait que je reste. Je n'avais pas le choix.

Le choix t'appartenait.

Le choix t'appartient.

Et je suis à toi.

Toujours.

Chère Helga,

Quand tu es tombée enceinte et que tu m'as demandé de te suivre à Reykjavík, je me suis trouvé à la croisée des chemins. La sente que j'avais suivie jusque-là bifurquait. J'ai emprunté les deux voies, mais ni l'une ni l'autre comme il aurait fallu. En ce sens que j'ai suivi l'une, l'esprit tout le temps fixé sur l'autre.

Sur toi.

14

T'ai-je déjà parlé de la contre-nature de l'homme, ma chère Helga ? J'ai cessé de croire aux belles théories et rien ne serait plus éloigné de moi que de les prêcher ici, au bord de la tombe, dans cette lettre à toi adressée. On pourrait consacrer quelques mots à autre chose, à ce que le fermier que je suis pense avoir découvert sur la nature humaine au cours de ces quelque quatre-vingt-dix années où il s'est accroché à sa terre ; à savoir que tout au fond du cœur humain réside une contre-nature, que Paul, le vieil apôtre de la Bible, a parfaitement résumée : le bien que je veux, je ne le fais pas ; mais le mal que je hais – je le fais.

Parer l'amour de belles paroles, chère Helga, n'augure généralement rien de bon, car on n'est pas loin alors de se retourner contre lui. J'ai pu l'observer chez plus d'un. J'en ai vu composer de beaux poèmes sur l'amour et chanter ses louanges lors des réunions, mais à peine revenus à la vie de tous les jours, c'est comme si la plupart se dépouillaient du costume des belles paroles et dénigraient l'amour autant que faire se peut, pour moisir sans lui dans leur coin, le plus clair de la vie. C'est ainsi qu'il m'apparaît, le phénomène – l'homme, et moi en premier, quand j'en parle sans ambages. C'est comme si le penchant de l'homme n'était jamais pur, ni en harmonie avec le beau que la vie a essayé de lui inculquer. Encore heureux si l'on ne s'évertue pas carrément à mener sa vie à l'encontre du bien dont on a pourtant connaissance au fond de soi. Je ne veux pas dire que l'on se propose d'être un vrai salaud – mais que l'on ne tente jamais vraiment le contraire. Or l'écart est grand entre les deux, et c'est dans cet écart que se loge l'existence de la plupart – elle y éclot, s'y épanouit et se fane. Comment était-il déjà, le quatrain de Kristján Óli?

> *Au fond du cœur j'avais bien*
> *– comme tous les autres sans doute –*
> *un fil pour suivre ma route,*
> *mais il ne m'a servi de rien.*

Ainsi la règle m'a paru être que les gens prennent dans la vie le contre-pied de ce qu'ils prônent, quelle que soit l'image que revêt leur conviction, qu'il s'agisse d'orientation politique ou de philosophie de l'existence. À croire que ceux qui parlent de maigrir sont toujours ceux qui sucrent le plus leurs crêpes et que ce sont les grosses brutes qui parlent de «précautions à prendre en présence d'une âme». Les plus acharnés à condamner le crime sont généralement les criminels les plus endurcis; le capitalisme qui est censé enrichir tout le monde, ne fait qu'appauvrir. Il faut s'attendre à ce que la liberté dont on parle tant à présent finisse par nous réduire tous en esclavage.

Une fois, j'ai commandé un livre sur Christophe Colomb et l'Amérique pour la Société de lecture. On y faisait état du journal de bord du navigateur où il décrit la société des Indiens qu'il avait découverts. Ces gens circulaient nus, vivaient dans l'abondance, les enfants jouaient avec des pépites d'or et de tous émanaient chaleur et amitié. Une telle existence n'était-elle pas le but à atteindre par notre civilisation ? Ou me suis-je mépris sur le sens du discours des hommes en costume tergal ? En lisant, plus tard, la traduction de Laxness du *Candide* de Voltaire, je constatai que le pays de rêve présenté comme l'Eldorado – le but resplendissant à atteindre par notre civilisation – correspondait exactement à cette petite société que Colomb avait connue et décrite deux siècles auparavant. Ce que le navigateur infligea à cette petite société de rêve sur l'île qualifiée par lui de paradisiaque, est en revanche une excellente parabole de la saloperie humaine. Après avoir vécu sur le dos des insulaires, bouffé et bu sans la moindre contribution de leur part, Colomb et ses compagnons durent prendre le large face à l'irritation croissante et légitime des habitants. Il revint quelques années plus tard escorté d'hommes en armes, demanda aux enfants de lui montrer où ils trouvaient leurs pépites et s'empara de toute la bande, nue et sans défense, qu'il mit au rang d'esclaves chargés de creuser des mines d'or pour son compte. N'est-ce pas la meilleure des allégories sur la conduite des hommes à l'égard du paradis, du pays de rêve et d'amour dont on nous rebat les oreilles à l'église comme aux assemblées laïques ?

Ne vois-tu pas la duplicité dans tout ce qu'ils disent, Helga ? Comparé à ce qu'ils font. Ils disent : vivre c'est aimer. C'est leur beau refrain, mais dans la vie elle-même, ils croupissent dans la crainte et l'angoisse sans oser approcher de l'amour. Et s'ils s'y risquent, ils ont tôt fait de le vendre à moindre prix que Judas n'a vendu le Christ. Tous des dégonflés et des jean-foutre, et sache bien que moi, je suis le pire de tous.

Puisque j'ai entrepris de gribouiller ces lignes, ma chère Helga, ne serait-il pas de mise de consacrer quelques mots à tout ce qu'il y a de bas et de minable chez ce fermier, à ce qu'on pourrait appeler sa contre-nature ? Celle-ci me fiche toujours un coup quand je la touche du doigt, à mes moments de sincérité. Pourquoi, bon Dieu, désire-t-on une autre femme que la sienne, toute sa vie, sans pourtant faire le geste qui unirait la vie à son aspiration ? Tu vois d'ici l'existence chrétienne que j'ai pu mener, mon amie ; on ne doit certes pas convoiter la femme de son prochain, mais ce qui me frappe, c'est que je t'ai peut-être aimée, Helga (je ne me lasse pas d'écrire ton nom, Helga, ni de le répéter tout haut ; il caresse la gencive avant d'entrouvrir la bouche), que je t'ai aimée pour vivre en fin de compte dans la souffrance et l'absence d'amour planifiée. La distance qui me séparait de toi n'a fait qu'attiser le désir de te rejoindre, mais dès que l'occasion s'en est présentée, j'ai baissé les bras sans vouloir rien sacrifier !

Je n'ai pas réussi à percer le mystère d'un tel comportement chez une créature qui est la seule à se réclamer de la raison. Je te le dis du fond du cœur, ma Belle, je ne suis plus qu'une vieille bûche vermoulue et pourrie gisant sur le rivage du temps, d'où le ressac m'emportera bientôt. Et nul ne pleurera ma disparition. C'est bien vrai ce que disaient les anciens : on devient lâche en vieillissant.

15

Je n'en reviens pas de moi-même, c'est ce que je te disais. Tout bien considéré, je ne sais plus si mon désir de toi a quelque chose à voir avec toi, ou s'il n'y a là-dessous qu'une tendance masochiste et maladive de ma part. Se pourrait-il que tu aies été l'objet innocent de ma contre-nature, tapie dans une profonde fissure, hors d'atteinte du rayon de lumière du langage ? Je sais bien que d'autres hommes avaient le béguin pour toi ; on les voyait boire tes courbes du regard quand tu sortais de la boutique. Pour ça, je n'en démords pas, tu étais la femme la mieux faite du canton. Et puisque je me suis mis à percer les abcès dans cette lettre, j'ajouterai que mon désir de toi, loin de se cantonner à la pensée, a été une réalité dans le corps de ce vieux paysan malheureux, des années durant après notre rupture, car le brasier ne s'est pas éteint en un soir. Si seulement tu étais partie loin de moi, sans te présenter tous les jours sous mes yeux armés de jumelles ! T'oublier aurait été plus aisé.

C'était l'automne, peu après que la petite Hulda avait couru dans mes bras. Les agneaux étaient descendus de la montagne ; les uns pour l'abattoir, et les autres – ceux qui valaient la peine d'être nourris tout l'hiver – pour la bergerie. J'étais en train de palper une agnelle d'un an pour voir si elle était bien enrobée, sans creux, jusqu'au bout des côtes, quand la pensée de toi m'est venue, en même temps que notre petite blague privée sur la palpation des femelles pour voir si elles sont bien en chair. J'entourai d'un bras le cou de l'animal, tâtant de l'autre main l'arrière-train et les cuisses, pleines et charnues jusqu'au jarret, passant ensuite les doigts le long des côtes puis sur le bas de l'échine et c'est alors que tu vins me hanter. Cessant de percevoir cette malheureuse agnelle, c'est toi que je voyais et il me sembla que tu étais à nouveau proche de moi, au point que j'entendais ta voix si douce résonner au fond de moi, tu gémissais et tremblais tandis que j'explorais la poitrine bombée à la lueur qui filtrait par les fentes de la remise aux machines, dans l'arôme d'antigel et d'huile de graissage, et ces protubérances étaient si exquises que j'eus l'impression d'avoir à nouveau les mains emplies à éclater par tes doux mamelons, mes phalanges enfouies dans la laine à longs poils se souvenaient de la toison de ton pubis et mes sens croyaient percevoir le parfum qui baigne le souvenir de nos premiers rapports. Il fallait que je me sente totalement englobé dans ta présence, il fallait que j'aie affaire à toi seule, que je t'entende gémir de plaisir une fois encore, que je respire ton odeur pour la dernière fois…

Je m'écroulai sur le râtelier, là dans la stalle, et j'y restai prostré un bon moment. Les fesses à l'air et les yeux exorbités comme un pédéraste dans un pamphlet ancien. J'ignore combien de temps je suis resté là, terrassé par ma contre-nature, dépouillé de toute dignité. Tout ce que je peux dire, c'est qu'après avoir remonté mon froc, mon premier soin fut d'abattre la bête. Je la fourrai dans un sac que je jetai au fond de ma barque et m'en fus à la rame loin au-delà des récifs pour lester le sac de deux grosses pierres avant de balancer le tout par-dessus bord.

L'endroit où je la larguai n'avait pas été choisi au hasard. C'était sur les bancs d'où l'on voit le silo de votre ferme se profiler sur la cascade, cette tour d'ensilage qui répercuta les bruits de notre jouissance. Je laissai la barque dériver longtemps, contemplant la tache de sang rouge vif laissée par la carcasse. De petites vagues berçaient l'embarcation ; un vent léger soufflait du sud-est. Maintenant, me dis-je, je n'ai plus qu'à me laisser disparaître moi aussi et, sans aucun conflit intérieur ni hésitation, j'empoignai des deux mains le bastingage.

Je basculai par-dessus bord, à la mer.

La panique me saisit sous le choc du froid dans l'eau et je me mis à crier, ou plutôt ma voix retentit, signifiant que je ne pouvais pas me supprimer. Sans doute ne suffit-il pas qu'un type esseulé et privé d'amour s'imagine que tout le monde s'en bat l'œil de sa disparition, car ce fut comme si la volonté de vivre était restée chevillée au corps et que le corps refusait de prendre en considération les décisions de l'esprit. Il faut quand même dire qu'il s'en est fallu de peu que je ne crève malgré tout, car le froid me paralysait tellement que je faillis ne pas pouvoir remonter à bord.

Je réussis enfin à passer le genou dans la boucle que je nouai sur un bout de ficelle qui pendait du bastingage, j'arrimai la boucle au treuil du filet et parvins à me hisser à bord. Ma vie a été littéralement suspendue à un fil, sur le point de se rompre. Je crapahutai dans le bateau et me couchai à la proue, où je restai longtemps, à bout de forces. J'écoutais le vent, laissant les vagues me bercer ; je me sentais étrangement bien, comme si j'étais parvenu, l'espace d'un instant terrestre, à estomper les contours du chagrin dans ma poitrine. Je me réveillai au souffle des évents d'un banc de marsouins qui passait.

J'étais reconnaissant d'être en vie ; je compris qu'il me fallait être humble et plein de gratitude pour ce qu'elle m'avait donné. Je me relevai et me mis à me taper dessus pour me réchauffer et j'entendis alors à part moi une voix de femme haute et claire qui semblait venir des récifs, si claire que mon cœur tressaillit. La voix de femme criait : « Bon retour ! »

Il n'y avait pas eu d'autre témoin que moi, ma Belle. C'est dans de tels moments – qui font sûrement un drôle d'effet aux oreilles des autres – que l'on comprend à quel point la vie dépasse ce que la tête d'un homme peut appréhender – c'était à croire que la vie elle-même m'appelait ! Tu peux prendre ça pour le radotage sénile d'un vieux schnock, ma chère Helga, ça m'est bien égal, mais que ces instants sont précieux ! Et quelque chose me dit que bien d'autres ont vécu de tels moments sacrés, qui restent inexplicables même si l'on s'y penche pour les étudier de près.

En dépit du dénouement providentiel de cette aventure, je me retrouvai, moi, Bjarni Gíslason de Kolkustadir, aussi démuni et désemparé qu'avant. Un bonhomme qui devait vivre, sachant que l'amour et la plénitude de l'existence se situaient de « l'autre côté », ainsi qu'Unnur désignait votre ferme. Même si je m'étais mis en tête de mépriser la concupiscence après cet épisode, et si j'avais depuis longtemps cessé de l'assouvir aux beaux jours dans des baignades au ruisseau, la nature ne se laissait pas faire et cherchait un exutoire dans mon sommeil. Quand je ne déambulais pas dans le pré, la quéquette à l'air – te l'avais-je déjà dit ? – je me réveillais tout poisseux sous mon caleçon long après t'avoir saillie, en chaleur, dans quelque rêve – non sans t'avoir auparavant massée et enduite tout entière d'urine fermentée dans la fameuse baignoire ambulante. Je répète, comme dans le psaume : Pauvre mortel, qui se chargera de ton lourd fardeau ?

16

À la suite de cette mise à mort manquée, il y eut dans ma vie une période qu'il m'est impossible de replacer sous le projecteur de la conscience. C'est tout juste si j'ai existé. Si l'on m'avait examiné de près, je serais apparu sous les traits d'un être en pantalon, chaussé de bottes, portant une ceinture vert-de-grisée, s'occupant de ses moutons et s'acquittant de ses obligations. Mais au fond de moi, l'étincelle de vie avait été étouffée. Je me souviens que je m'efforçais à la gratitude pour tout ce qui m'était donné, mais ce genre de pensée rendait un son creux. La passion qui, auparavant, me portait à la surface des jours, était à présent une entrave que je me mis à détester, me rendant compte qu'elle ne serait jamais plus assouvie. Le matin, il fallait qu'Unnur me houspille pour que je me sorte du lit, dans la maison vide et déserte ; il n'y avait personne dans ma vie à ce moment-là.

Ma parole, c'est à croire que tout cela se projette en noir et blanc dans ma conscience, comme les photos de l'époque. Quand je survole des yeux cette tranche du passé, je me dis que mieux vaut ne jamais croiser l'amour sur sa route – car une fois qu'on l'a perdu, on se retrouve bien plus mal loti qu'avant. Oui, le vieux refrain populaire, je l'ai vécu, ma chère Helga, et toi aussi peut-être :

L'amour le plus ardent
est l'amour impossible.
Mieux vaut donc n'aimer personne.

Tout ce qui se présentait à moi rendait un son creux, poésie et chant étaient comme des coups assénés sur une barrique vide. Une histoire succulente racontée par Gunnar de Hjardarnes, ou tout autre conteur de génie, glissait sur moi comme sur les plumes d'un canard, sans laisser de trace. Je reprenais mes esprits tout à coup sur la place de la Coopérative où tout le monde riait de l'histoire en question, mais c'était trop tard. Tout arrivait trop tard – tout était passé. Mon âme essorée n'avait plus de mots. Le pire n'était pourtant pas la souffrance ou, comment dire, l'incapacité de rien sentir, mais la solitude dans tout cela. Personne ne semblait prêter attention à cette misère et personne ne venait me parler. Pas même Unnur. Et il aurait été malvenu que j'aille pleurer mon chagrin d'amour dans son giron. Le pire dans la plus grande affliction, c'est qu'elle est invisible à tous sauf à celui qu'elle habite.

Ce qui me maintenait debout, c'étaient les bêtes et je peux affirmer, ma Belle, que celui qui s'est lié aux moutons islandais d'amitié intime, quelle qu'en soit la nature, ne sera jamais seul. Par son rayonnement, la vitalité des animaux soulage la douleur et rend l'homme capable de survivre à n'importe quelle épreuve.

Ceci me rappelle l'histoire d'Ólöf d'Úteyjar et de ses domestiques, un vieillard et une jeune fille, qui passaient l'hiver dans ces îles, désertées depuis, longtemps avant notre époque. Mais le souvenir des gens persiste. Quand l'hiver fut bien avancé là-bas, les domestiques d'Ólöf commencèrent à s'ennuyer ferme d'être tout seuls, à soigner les bêtes et à travailler la laine. On raconte que c'est le manque de tabac qui éprouvait le vieillard et le manque d'homme, la jeune fille. Ils recoururent au subterfuge d'endommager divers outils tels que pelles et râteaux, se proposant d'aller à terre pour les faire réparer. Ólöf ne jugea pas le prétexte suffisant et les répara elle-même de son mieux. À la fin, et en désespoir de cause, les domestiques éteignirent le feu à l'insu d'Ólöf. La nécessité d'aller à terre s'imposa alors et tous deux purent enfin rejoindre la terre ferme à force de rames, le mercredi des Cendres, pour étancher leur soif de civilisation. Pendant la nuit, le blizzard se mit à souffler et le gel emplit la baie de glaces flottantes au point qu'il fut impossible de retourner aux îles durant six semaines. Ólöf était seule là-bas, avec ses outils hors d'usage, sans lumière ni chauffage, dans le noir et le froid glacial. Quand les gens parvinrent à se frayer une voie navigable jusqu'aux îles, ils constatèrent qu'Ólöf avait réussi à maintenir en vie toutes les bêtes et qu'elle avait encore toute sa tête. Elle avait certes commencé à voir des monstres et des revenants dans l'obscurité, le plus insistant d'entre eux au crépuscule étant le fantôme du pionnier

Thorsteinn. On ne peut s'expliquer l'exploit d'endurance d'Ólöf d'Úteyjar sans faire la part des bêtes car, en l'absence de feu, ce furent elles qui la maintinrent en vie, et non le contraire. Il en alla de même pour moi, après que tu m'eus rejeté.

Tout cela jusqu'au jour où arriva la bonne, l'heureuse nouvelle. Hallgrímur et toi étiez en instance de divorce.

17

Qu'il s'agisse ou non d'un souvenir imaginaire, la nouvelle de ton divorce d'avec Hallgrímur et la formidable débâcle des glaces qui eut lieu au printemps ne font qu'un dans mon esprit. Bien entendu, de vieux espoirs se réveillèrent en moi et se donnèrent libre cours. Je me dis, comme la jeune Garún dans le conte populaire, que les choses allaient tourner à mon avantage. Tu irais t'installer à la ville avec les enfants et tout serait arrangé pour notre nouvelle passion. Il m'était possible d'assumer des tâches supplémentaires pour le Mouvement coopératif au sein du comité. Je pourrais peut-être décrocher quelque chose à faire, un emploi à temps partiel à Reykjavík et embaucher quelqu'un pour aider Unnur aux travaux de la ferme en mon absence. Ce serait pour moi l'occasion de longs séjours en ville, tout près de toi et des enfants. Je pourrais vous venir en aide, loger chez Hulda, oui, car tel était le message, profond et silencieux comme un chuchotement des dieux : tu ravalais enfin ton orgueil, tu cédais, toi non plus tu ne voulais pas que tout fût verrouillé entre nous, peut-être recelais-tu, tout compte fait, de bons sentiments à mon égard. Je me sentis délivré du mauvais sort de l'accablement et lorsque cet été-là je vis à travers mes jumelles vos meubles s'entasser sur le terre-plein, je pensai dans mon cœur – car j'ai toujours pensé avec le cœur comme les anciens, et non avec le cerveau –, j'ai pensé que tu n'aurais plus qu'un petit moment à attendre – bientôt je viendrais te rejoindre.

Inutile de faire ici état des pensées basses et pri-maires que la débâcle des glaces entraîna dans son tourbillon. Toi nue, dans mon esprit, et l'effluve de l'urine dans mes narines, moi pétrissant tes seins gonflés, dans une belle maison de Reykjavík, et puis nous deux buvant du chocolat après coup. Dieu vienne en aide au pauvre péquenot que je suis !

Peut-être comprendras-tu mieux à présent pour-quoi les choses se sont passées comme tu sais, en ce jour de septembre où je frappai à ta porte, dans l'immeuble neuf près des Baraquements. Tu ouvres la porte et là, dehors, se tient un homme qui a tota-lement perdu le sens de la réalité et qui te regarde. L'amour m'avait privé de toute raison tandis que je me tenais sur le seuil, dans mes plus beaux habits, les cheveux gominés, embaumant l'eau de Cologne que je venais d'acheter et tenant à la main un bouquet que je te tendis en disant que j'étais venu t'apporter des fleurs.

Tu as eu l'expression de quelqu'un qui voit un fantôme. Tu m'as fixé avec de grands yeux, tes beaux yeux de génisse, comme je les nommais en moi-même. Tu m'as arraché les fleurs des mains pour les briser et les déchiqueter en me traitant de pauvre type qui ferait mieux de se tailler. À ce moment, est apparu dans l'entrebâillement un homme s'exclamant: «Qu'est-ce que c'est que ce mec?» Et pour tout te dire, Helga, j'ai senti la vie se retirer de moi à cet instant, tout est devenu noir, je ne me rappelle pas bien lequel des deux a commencé, mais j'étais un animal blessé, perdu, acculé par des chasseurs armés de couteaux, et pour qui la seule issue était de montrer les crocs ou de mourir. De sorte que j'ai agrippé le bonhomme et l'ai flanqué contre le mur bien qu'il fût nettement plus grand que moi et je l'ai tabassé tandis que tu criais en me martelant la tête avec le bouquet de fleurs et que les enfants accouraient à la porte ainsi que les gens dans le couloir de l'immeuble. Mais ça me faisait du bien, Dieu que c'était bon de sentir tes coups – ce contact était tellement préférable à pas de contact du tout – c'était pure jouissance de t'entendre à nouveau pleurer et me traiter de tous les noms, comme jadis dans la bergerie, toi la vie, insultant le bout de bois d'épave que j'étais devenu.

Et puis je suis parti.

Et à dire vrai, je me foutais éperdument de savoir où j'allais.

18

Après cela, la situation a empiré plus que jamais. Ma reine avait disparu de ma vie, détrônée par un roi nommé Bacchus. La vérité est que je n'ai guère de souvenirs de cet hiver-là, et que je ne me suis jamais comporté aussi misérablement, avant ni après. Faut croire que c'était dû au fait que le courage d'en finir m'a manqué. Je me suis couvert de honte ici, dans la région, et je ne te cacherai pas que l'amertume me rongeait jusqu'à l'os. De braves gens de la commune ont été charitables à mon égard, mais je m'en battais l'œil de leur bonté, Helga, et des bêtes pareillement. Bénie soit la bonté humaine. De même que j'ai préféré m'attarder sur les éclaircies plutôt que sur les averses en t'écrivant ces lignes, je ne dirai rien de plus sur cette période humiliante, mais j'évoquerai la façon dont je suis revenu à moi-même.

Quand ta lettre est arrivée.

Dieu sait combien de fois j'ai tiré cette lettre de ma poche pour la relire. Tu devrais voir comme elle est usée. Elle l'est autant qu'elle est sacrée pour moi. Il y a longtemps que je connais par cœur tous les mots qu'elle contient. Je la garde contre ma poitrine, sous ma chemise, et j'y ai trouvé – presque toute ma vie, à ce qu'il me semble – force et consolation, après avoir pleuré. Et ce n'est que maintenant, au bord de la tombe, que je prends la plume pour répondre à ta lettre, ma chère Helga. Je n'ai jamais jusqu'ici éprouvé le besoin de te répondre ; il me suffisait amplement de savoir que tu avais rompu avec cet homme, que tu voulais que je vienne, que tu me priais de te pardonner. Que tu disais – c'était écrit noir sur blanc dans la lettre – que tu m'aimais.

Cette certitude de l'existence de sentiments chaleureux de l'autre côté, cette assurance qu'il y avait un endroit où quelqu'un pensait à vous et vous aimait, c'était plus qu'il n'en fallait pour le paysan que je suis. Après tout ce qui s'était passé, ayant compris que je ne ferais jamais rien d'autre que jouer sur les deux tableaux, je me mis à souhaiter pour toi que tu trouves un autre homme, un bon, qui t'aimât et t'apportât tout ce qu'une femme peut désirer. Je crois savoir que cet homme-là est enfin arrivé dans ta vie. Oui, je me suis dérobé quand l'occasion s'est finalement présentée. Tu vois, Helga, quel petit bonhomme je suis, maintenant que la coupe est vide et que la partie s'achève.

Je garde au fond du cœur un souvenir d'enfance très vif que je veux partager avec toi pour finir. Je n'avais que sept, huit ans. Je parcourais le pré du regard quand j'aperçus un animal gris-brun que je n'arrivais pas à identifier. Je me mis alors à courir pour le voir de plus près. En approchant, je vis que c'était un aigle imposant qui s'était posé là, dans le pré. Il était malade, tout grisonnant et chauve, et si affaibli que je pus m'aventurer tout près de lui. Les serres jaunes, épaisses et puissantes témoignaient de la force et de la majesté passées du vieux champion. Je ne sais s'il était tout simplement amoché par la vie et ses combats, ou malade d'avoir mangé quelque carcasse empoisonnée destinée à appâter renards et oiseaux de proie pour les écarter des nids d'eider – détestable pratique, tombée peu après en désuétude. Il s'était posé là et n'appréciait pas du tout l'approche du petit garçon. Il commença par chuinter et siffler dans ma direction puis, les yeux rivés sur moi, il poussa des cris en agitant ses ailes abîmées. Je vis comme il était mal en point ; il lui manquait des pennes et ses ailes présentaient des plaques dénudées comme si on l'avait plumé çà et là. L'immense oiseau ne volerait plus jamais, assurément, et je le plaignais. Je voulus l'attraper pour l'emporter à la ferme, mais il s'échappa en courant, battant frénétiquement des ailes, tandis que je dévalais le pré à sa suite. L'air bruissait et sifflait dans les grandes plumes qui lui restaient avec un chuintement comparable au bruit d'une pompe à vidange, et puis se produisit la merveille qui aurait dû être impossible : l'oiseau prit son essor, réussit de justesse à passer au-dessus de la clôture et s'envola droit vers la côte, puis au-dessus de la mer avant de disparaître à mes yeux tout au loin, là où le bleu du large et le bleu du ciel se confondent.

Jamais je ne le revis et l'idée m'a effleuré que cette vision ait pu n'être pas réelle, mais transformée en réalité par la mémoire – à partir d'un rêve porteur d'un message essentiel. Et de fait, il me semble parfois que mon esprit a, comme l'oiseau, essayé de prendre son envol pour échapper au quotidien laborieux de la vie terrestre et que j'ai, tout comme lui, tenté de planer dans le ciel des poètes à la faveur de mes écrits indigents. Si les dieux me l'accordent, c'est justement comme ça que je m'envolerai vers toi finalement, sur les ailes de la poésie.

Je trouve bon et juste de t'avoir écrit cette lettre, ma chère Helga. Bien que tu sois morte et ne puisses la lire, ça m'aura comme réconforté de griffonner ces lignes.

Hier j'ai pris ma canne et suis allé me promener, sur mes vieilles jambes foutues. Je me suis couché dans l'herbe entre les Mamelons d'Helga, comme je l'ai fait si souvent. Au sud, de gros nuages se déplaçaient vivement et de la lumière filtrait entre les cumulus. C'est alors qu'un merveilleux rayon de soleil a transpercé les nuages pour se planter sur moi et aux alentours, pour ne pas dire sur nous, puisque j'étais couché là, contre ta poitrine.

C'est à ce moment qu'elle est arrivée, la petite bergeronnette ; elle s'est posée tout près, sur une motte herbue. Je lui ai demandé, comme grand-mère Kristín me l'avait appris, où je passerais l'année prochaine. La bergeronnette a hoché la queue mais ne s'est pas envolée et j'ai compris que le poseur de question n'en avait plus pour longtemps. Le rayon de soleil inondait la colline d'un tel flot de lumière que j'y ai vu le signe qu'un grand esprit me faisait, de l'autre côté de la vie. Alors je me suis mis à pleurer,

vieillard sénile que je suis, échoué entre deux protubérances en terre d'Islande, les Mamelons d'Helga,
et je compris que le mal, dans cette vie, ce n'étaient
pas les échardes acérées qui vous piquent et vous
blessent, mais le doux appel de l'amour auquel on a
fait la sourde oreille – la lettre sacrée à laquelle on
répond trop tard, car je le vois bien à présent, dans la
clarté du dénouement, que je t'aime moi aussi.

RÉALISATION : IGS-CP À L'ISLE-D'ESPAGNAC
IMPRESSION : CPI BRODARD ET TAUPIN À LA FLÈCHE
DÉPÔT LÉGAL : FÉVRIER 2015. N° 116339 (3008074)
IMPRIMÉ EN FRANCE

Éditions Points

Le catalogue complet de nos collections est sur Le Cercle Points, ainsi que des interviews de vos auteurs préférés, des jeux-concours, des conseils de lecture, des extraits en avant-première…

www.lecerclepoints.com